語られた自叙伝

Toyama Kazuyuki
遠山一行

Hasegawa Ikuo
長谷川郁夫＝編

作品社

平成 20 年 6 月 11 日

4人の孫に囲まれて（平成13年）

語られた自叙伝／目次

I　語られた自叙伝

II　未刊エッセイ

語られた自叙伝

I

語られた自叙伝

遠山の家のこと

生い立ち

私が生れたのは、大正十一（一九二二）年の七月四日ですから、いまは八十七歳になります。病院は、虎ノ門病院らしいのですが、父（元一）が、麻布笄町に住んでおりましたので、それ以来、終戦後の短い期間を除いてずっと麻布住まいです。これは私の性格や仕事に影響があったかもしれません。少なくとも私の仕事に下町風のところはまったくないでしょう。

私が生れた時、父は三十三歳、母（愛子）は二十二歳でした。

父のこと

父は非常に苦労した人ですけど、私が生れた頃には兜町で成功を収め、生活はすでに安

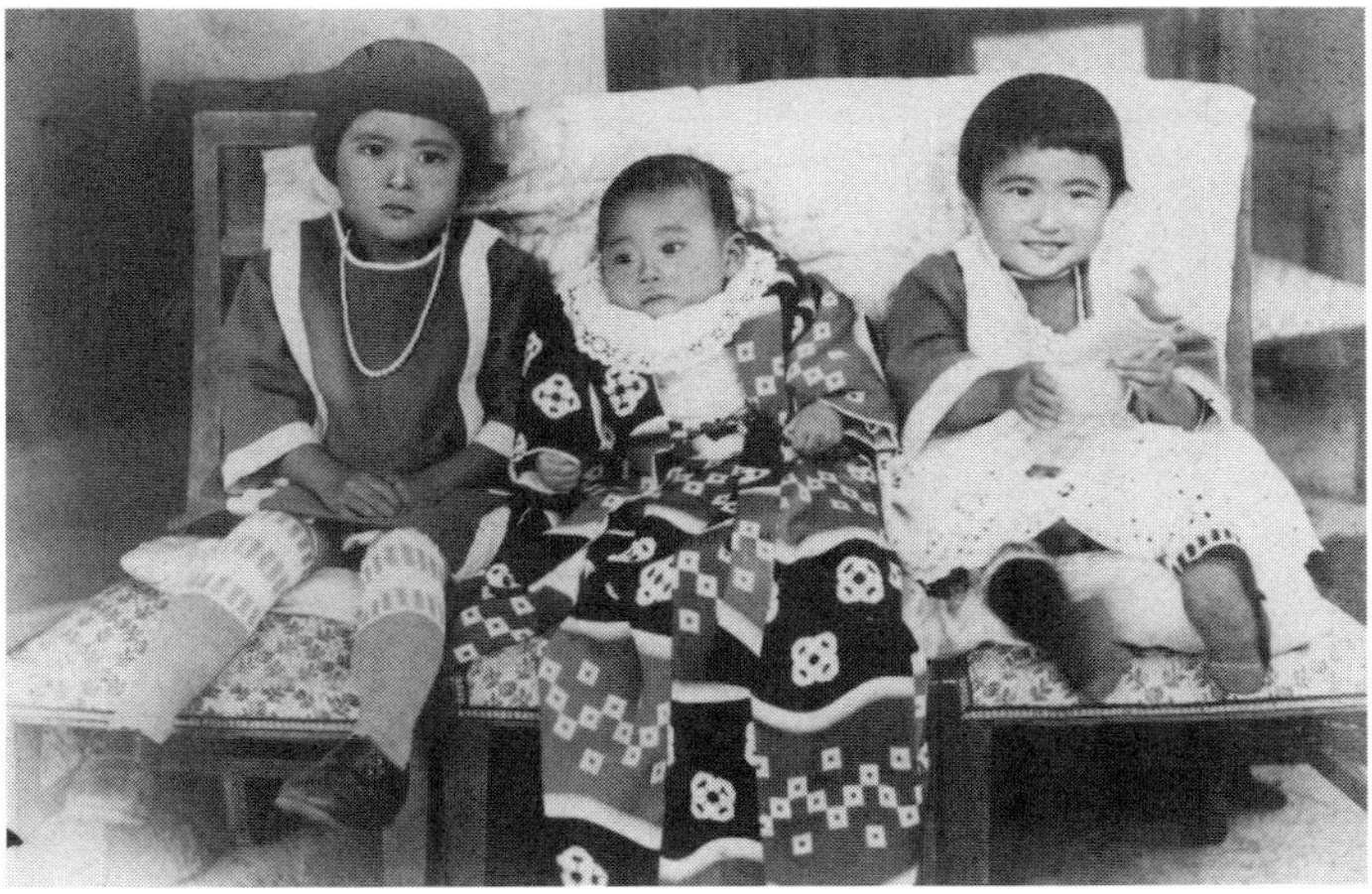

左から安子、一行（生後４ヶ月）、貞子（大正11年暮）

定していて、物資的には何一つ不自由ない豊かなものでしたね。

遠山の家は、もともと埼玉県比企郡三保谷村の川島郷とよばれていた地域の豪農でした。通称「梅屋敷」ともいわれた、広い家がありました。父は、梅屋敷のお坊ちゃん（長男）としてずいぶん甘やかされて育ったそうです。でも、おじいさんという人が遊び人で、家を完全に潰しちゃったんです。父が小学校を出る頃には、土蔵が一つずつ売られていって、荷物が出て行くのを見ていたのを覚えていると言っていましたね。結局、人の保証人になってしまって、大きなものを失ったようです。

父は、高等小学校を出るなり（明治三十七年）、小僧にされた感じで、兜町で大変苦労したんですね。体が弱かったせいもあって、人に使われている時は、あまり可愛がられず、ハッピーではなかった。その後独立して仕事をするようになって、うまくいったんでしょう。

大正七年に、川島屋商店という個人商店を開業し、それが昭和十二年には、川島屋証券株式会社となり、兜町ではかなりの勢力になったようです。小さな店から興ったんですが、非常に成功し昭和十九年には日興証券を合併し、社長になったようです。詳しいことは知りませんが。

ですから、子供の頃は何が贅沢なのかはかわかりませんが、豊かであったことは間違いないですね。かなり大きな家をつくり、土地も五百坪くらいはあったかな。庭にテニスコートもあってね、父も少しはテニスをやったようですが、私は父がテニスをやっているところを見たことがなかった。

だいたい、私が物心つく頃には、父はだいぶ遊んでいたな。私が小学校から大学に入る頃まで、父は夜中にならないと帰ってこなかった。夜中はこちらが寝ているし、朝はこちらが早く起きて学校へ行ってしまう。日曜は、反対に父が早朝にゴルフに行ってしまうものだから、少し極端な言い方をすれば、父の顔をあまり見たことがなかったんですね。父と一緒に食事をしたり、遊んでもらったという記憶もない。ただそういうものだと思っていただけで、別に寂しいと感じたわけでもないのです……。ですから子供の頃は、父の思い出があまりないんです。

大学に入った頃は、戦争になっていたので、宴会などが出来なくなって、家に早く帰ってくるようになり、食事をしてから麻雀やろうとか言ってましたが……。

母のこと

子供心に、母が気の毒で、何が面白くて生きているのかな、と思った覚えがありますね。

母の家は、もともと鍋島藩の士族の出で、明治維新のとき父親が東京へ出てきて、銀行家になったようです。正金銀行のロンドン支店長も務めていました。

子供の頃、履歴書なんかを書くときに、父—平民、母—士族と書いたのを覚えています。

母の父親は、外国生活が多かったせいもあり、母は東洋英和で寮に入って、外国人の宣教師に育てられたようなところがありました。で、そんな母にはいわゆる日本の母親のべったりという感じがなかった。頭のいい合理的な人だったですね。

私もそれで子供の頃、母に甘えたという感じがありません。私の友人なども、「君のお母さんは何となく怖いな」と言っていました。お世辞笑いなんかできない、凜とした感じでしょうか。何しろ十八歳で結婚して大きな家に入ってしまったので大変だったのでしょう。

生活のスタイルは、そんなに洋風ではなく、いつも着物を着ていましたね。おばあさんも一緒だったので、普通の日本の家庭ですね。勿論、味噌汁なんかも作っていましたよ。

祖父のこと、祖母のこと

祖父（義三）が生れた年は、よく知らないのですが、私が生れた十日後に、長男が出来たと喜んで、まだ五十代の若さで亡くなったそうです。

祖母（美以）は、戦後、私がフランスに行っている間に八十二歳（昭和二十三年十一月十二日）で亡くなりましたが、ずっと一緒に住んでおりました。

のちに郷里川島の本宅が再建されてからは、そちらに住んでいました。

祖母の家は隣村の宮前というところで、祖母は、永らく郡長さんを務めていた鈴木庸行の三女でした。鈴木家は財産こそ遠山家には及びませんでしたが、近郊に知れ渡る素封家で、インテリ風だったようです。遠山の家は農家で、家風や躾を比べると不釣合いだったのでは、と父が言っておりましたが、夫婦仲がかならずしもうまくいかなかったのは、そこに要因があったのではないかと思いますね。

祖母は嫁に来てすぐ父を産み、三年経って妹（静子）を、また三年経って弟（芳雄）を産んでいますが、次第に祖父の放蕩がはげしくなり、それにつれて祖母が家を出たり戻ったりするようになったそうです。父が十二歳の時（明治三十四年）には、ついに婚家を引いて、静子をつれて秩父の親戚の峰岸家に移り住んでしまいます。生活のために裁縫の私塾を営みながら、教員生活もするという無理を重ね、大患となり、明治四十二年に鎌倉へ転地することになりました。そこで、美山先生というプロテスタント・メソジスト派の牧師さんと出逢い、大きな影響を受けたそうです。

時を同じくして、父（十五歳の八月）は、兜町ではなく、まず郷里の先輩で、当時内務大臣秘書官だった水野錬太郎氏のところに、書生に入ったんです。そして一年あまり勤めて十六歳の八月に、祖父の希望で兜町の半田商店に住み込みで入店しました。まもなく盲腸を患って、鎌倉の祖母のところへ転がり込みます。そこで療養して主家へ戻ろうとすると、「腹を切ったような奴は役に立たぬから使えない」という噂が流れ、やむなく半田商店をやめ、市村商店に入れてもらうのですが、次は肺病に罹ります。「四百四病引き受けどころ」というくらい、半年働いては、半年寝込むというふうで、死に直面し、人生に絶望して初めて、神というものの存在を意識するようになったようです。神様に縋ったんですね。そして大正二年、祖母と妹の静子と三人一緒に受洗したそうです。

それから、ずっと家族の精神生活の基調として、信仰生活があったように思います。

姉弟や叔父のこと

私の育った幼少期の家族構成は、祖母、両親、二つ違いの姉（貞子）、直ぐ下の弟（信二）、さらに二つ違いの弟（直道）の七人でした。ただ、山下経治に嫁した叔母（静子）のところの従姉（安子）とは家が近所だったので、姉弟のように育ちました。私は、おままごとのお客様にさせられ、姉たちの家来のようでした。

私は、長男でしたが、あんまり威張ったという感じはなかったな。でも父は田舎出ですから、やはり、長男主義でしたよ。だから私のことを特別よく知っているわけではないのですが、長男だから大切にしたようです。名前の「一行《かずゆき》」も「元一」の一をとり、聖書のマタイ伝の「ひとり行く」という言葉からとったようです。

叔母の山下家の敷地の中に、会社の寮があり、そこで会社の社員が出なければならない礼拝をしていました。そこに牧師さんが来ていて、私が五歳の頃、子供全員が幼児洗礼を受けました。母もキリスト教の家庭で育っていますから、子供の頃からずっとキリスト教の雰囲気の中にあったといえます。

もっとも、私は学生時代も教会には行ったけれど、本当に自分の気持ちで信仰告白をしたのはずっと後のことで、六十歳、還暦の年です。まあ、いろいろと迷っていたんですね。

父はクリスチャンでしたが、お盆のようなことはよく守っていて、その時だけは子供を連れて埼玉にお墓参りに行きました。遠山の家の歴史を知らせようという気持ちもあったんでしょう。

埼玉に新しい家が出来るまでは鈴木の家に泊りました。そこで五右衛門風呂に入ったり、朝目が醒めるとにわとりの鳴き声が聴こえたりしたのを覚えています。

私が十二歳の時に、川島の本宅が再建され、それからはそこに泊りました。この家は、叔父の芳雄がいわば総監督みたいになって、棟梁を連れて日本中をまわって最高の銘木を集め、「生家の再建」のために、出来るだけのことをしたそうです。

叔父は大変器用な人でした。でも、器用貧乏でね、日比谷印刷という印刷会社の社長をしておりましたが、仕事は、まあ余りうまくいかなかったんですよ。そこで建築に凝って、田舎風、関東風（書院造り）、京都風（数寄屋造り）の三つの部分がある立派な建物を建てたんです。当時のお金で三百万円かかったというんですから、いまではその千倍でもできない。大変なことをしたわけです。

「烏足《うたり》（遠山家の屋号）の家は罪をつくっていないから、案外復興が早かろう」と村の人は言っていたそうですが、父が成功して、破産して取られた土地を全部買い戻し、この家をつくり、当時は行儀見習いのお手伝いさんも大勢預かっていましたね。

三笠宮殿下御夫妻、吉田首相、河上徹太郎さんなども遊びにいらしたのを覚えています。いまは遠山記念館という財団になっています。

幼稚園から小学校へ

成城学園のころ

幼稚園は、初め東洋英和の幼稚園に入ったんですが、その時のことは全く覚えていません。あまり長くはなく、すぐ成城学園の方に移ったんです。小原國芳先生と誰かを通して知りあって、成城に移ろうということになったんだと思います。山下の家の自動車で、毎朝代々木上原まで兄弟全員送ってもらい（途中からバスになりましたが）、代々木上原から小田急線に乗り、成城学園に行きました。

成城の時のことはいろいろ覚えています。幼稚園を囲む林のなかで戦争ごっこをやったとか、リトミック体操が得意だったとか、肥溜め騒動――先生が学園から外へ皆を連れ出し歩いているときのこと、肥溜めがコンクリートの色に見えたんです。そこで、ドボンといきました――足が汚れる程度でしたが、母は一週間ぐらい臭かった、といっておりました。当時の先生の顔も覚えていますよ。

そして、そのまま成城の小学校に進んで六年生の途中までいました。成城は勉強だけでなく運動や芸術も重んじていて、私はハッピーでしたね。勉強も出来たんだけど、運動も得意だったし、ピアノなんかも習っていた。まあお遊び程度でしたが、母の友人で音楽学校を出た人が生活に困っておられて、それを助けるために子供たちにピアノを習わせたんです。ですからあまりちゃんとしたレッスンなんてものじゃなかった。それでも姉弟のなかでは私が一番真面目にやったんで、中学に入って属啓成《さっかけいせい》さんに習うようになった。しかし、それも、わたしがサッカー部に入ったりしてやめてしまったんです。私が音楽に本当に興味を持つようになったのは、やはり高校の頃ですね。

当時、満州事変で、一種の経済ブームが起こったんですね。モダンなスポーツとして急にスキーなんかが盛んになった時代です。私が三年生の時に初めてスキーに行くことになっていたのですが、直前に風邪を引いて行けなくなった。それで、翌年、父も一緒に家族みんなで行きました。この時、父は全然うまく出来なくて、立ち上がるとすぐ転んでしまう、こんな馬鹿馬鹿しいものはないと、カンカンでした。一年だけやって、あとは行きませんでした。因みに、私にスキーを教えてくれたのは、アメリカ帰りの父の末弟・浩三叔父でした。

成城学園でも、スキーの有名な選手ハンネス・シュナイダーが講演に来て、学校で急に盛んになりました。成城は、徳育・体育・知育の三本柱を掲げていましたから、運動には非常に熱心でした。

読書も、たいした物は読みませんでした。「猿飛佐助」とか「荒木又右衛門」とかそういう講談本ばかりで、ろくな物は読みませんでしたね。母は賢明な人でしたが、何しろ十八で結婚しましたので、文学的な本を選んで私たちに読ませるということはしなかった。放任主義といったら悪いけど、躾けられたという記憶はないですね。何をしたらいいのか分からなかったかもしれませんが、子供たちも親に心配かけるような子供じゃなかったですね。

小学5年生の時

南山小学校のころ

昭和八年に小原事件というのがあり、成城学園六年生の二学期から麻布区立南山小学校に転校しました。いわゆる学園騒動で、当時の校長の小原先生に対する反対運動があって、父も反小原ということになり、男兄弟三人が成城をやめたんです。

成城の頃からスポーツは得意でしたが、駆けっこが早くてね、南山小学校では区の大会にも出場して、メダルをもらったりしました。

私は、成城学園に入ってしばらくして、飛び級という制度があって、一年得をしていたんです（東大総長だった加藤一郎も当時少し遅れて飛び級して入って来ました）。それで、五年生に入って、四月から六年生をもう一度やりなおし、一年間は受験勉強をしていました。南山小学校で初めて府立高等学校尋常科を受験したんです。校長先生まで出て来てね、口頭試問なんかの練習をやってくれたりしました。

卒業の時には総代になりました。卒業の直前に赤倉にスキーに行って腕を痛め、答辞が書けないので、父が代筆してくれたんです。卒業式の最中に新しいのが出来たと言って届けてくれた。一箇所読めない字があったのを巧みにごまかして、それを読みました。まあ、息子が総代になったのが嬉しかったんでしょう。

中学・高校時代

蹴球部と音楽部

昭和十年、柿の木坂にあった府立高等学校尋常科に入学しました。当時は府立の高校はここだけで、入るのがなかなか難しかったんですが、何とか入れた。府立高校はいわゆる七年制で、尋常科（中学）が四年、高校が三年なんです。

中学の頃、変な先生がいて、カンニング問題が起こって、「君たちはナンバースクールに対するコンプレックスがあるんだろう」と言ったんですが、我々には全くなくて、一高に入った奴は府立に落っこちた奴なんだといっていましたね。

同級生には、三菱商事の社長になった近藤健男や、富士銀行の頭取になった荒木義朗がいました。そのほかにも勉強が断然よく出来て、戦争中いわゆる学徒動員では東大の旗を持って歩いた雁部陽《がんべよう》という男もいたけど、彼は戦死してしまいました。

私は、中学に入った頃から、急に大きくなりました。その頃、一週間たつと二センチくらい大きくなり、部屋の柱にすじをつけていったのを覚えています。盛んにバスケット部に誘われましたが、受け持ちの先生がサッカー部の部長でしたから、先生の部に入りました。当時は、蹴球部と言っていましたがね。

尋常科の最高学年の時にはインターミドルの二部で優勝したりしましたが、高等科になって音楽部に入って、サッカーはやめてしまった。その頃はもう音楽青年ですね。酒井悌《やすし》先生にチェロとハーモニーなども習いました。大学に入ってからまた属先生のところに戻ってピアノを習ったんですが。学校から帰るとピアノ、夜は好きな本ばかり読んでいました。

成城学園合唱団

高校二年生の時、姉が成城学園の合唱団のボスだったので、誘われて弟の信二と一緒に合唱団へ行くようになったんです。男声が足りないというのでね。その頃、N響が宗教音楽の大曲をやるような時は、たいてい成城合唱団が出たんです。指揮者のローゼンストッ

左から直道、母、姉、祖母、信二、父、一行（昭和15年、正月）

クがこの合唱団を可愛がっていましたからね。

最初ハイドンの《四季》を二年かけて練習しました。その後、モーツァルトの《レクイエム》を日比谷公会堂で演奏した時は、偶然にも八歳だった妻の慶子が、父親に連れられて来ており、〈ラクリモサ〉のところで失神してしまい、日比谷病院に担ぎ込まれるという事件もあったんです。それが運命の出逢いですね。

大学に入ってからは、音楽の勉強をしていましたから、コーラスの指導者のような立場で、ピアノなんかも弾いていました。私が軍隊に入る直前に、バッハの《マタイ受難曲》の公演があり、それを唱って軍隊に入ったというとても感動的な経験もありました。大曲をマスターするのは大変でしたが、コーラスにはかなり深入りした時期ですね。

またこの頃、弟の信二は音楽学校に行っていましたから、盛んにレコードを買ってきましてね、一緒に聴いていました。指揮者による演奏の違いなど、二人で盛んに議論をしたものです。やはり、私が親しんだのはドイツ音楽でしたね。一種の宗教的コンテクストのなかで聴いていたということもありますが、バッハに心酔しました。

安藤記念教会のこと

信二と一緒に、積極的に関わったことがもう一つあります。それは、安藤記念教会での聖歌隊活動です。讃美歌を唄っているだけですが、オーソドックスなドミソの観念は、染み込んだかもしれませんね。

安藤記念教会に母が親しかった方が世話人をしていらして、母に行かせられたんです。そこに可愛い女の子がいて、行くのがいやじゃなかった。信二と一緒に聖歌隊を作り指導したんです。直道もやっていましたが、リーダー格は、信二でしたね。

この教会の創立者は、安藤太郎という方で、函館戦争で榎本武揚に従軍し、その後、明治政府の大蔵省、外務省に登用され、明治十九年に初代ハワイ総領事に就任したそうです。そこでキリスト教に出会い、夫人とともに洗礼を受けられたそうです。帰国後、日本禁酒同盟会を結成、信仰と断酒運動を続けられ、大正六年に自宅と全財産を神に捧げ、教会を創設されたようです。

文学への傾倒

中学の途中から、その当時高等学校の人が読むような本を、いろいろ先輩に薦められて、『三太郎の日記』とか『善の研究』とかを読み始め、だんだん本を読むのが好きになって、背伸びして難しい本を読んだものです。しかし、すぐに文学書のようなものに移っていった。岩波文庫を片っ端から読んだんです。私がいちばん読んだのはロシア文学です。ドストエフスキーとかチェーホフとかですね。

高樹町の電車乗り場に、丁度本屋さんがあって、そこに岩波文庫が揃っていて、電車が来るまで、買って読んでいました。授業中も授業なんか全然聴かず、私は背が高くて一番後ろだったので、小説ばかり読んでいました。成績は悪くはなかったんですが、特別いい成績を取ろうともせず、家に帰っても、予習・復習はちっともやりませんでしたね。日本の小説も読みましたが、あんまり好きになれませんでした。アポリネールとかランボーなどのフランス文学は原語で読まないとだめだし、翻訳で読んで面白いのはやっぱりロシア文学だったんですね。つまり余り審美的な文学よりも思想的なものに惹かれたということかもしれません。

中学の頃はもっぱら小説でしたが、高校に入る頃には批評というものに関心をもちだしたんです。当時の「文學界」という雑誌に小林秀雄とか河上徹太郎とかいう人が書いたものに魅かれたんですね。自分もこういうものをやるんだという気持ちになった。いま考えても、私はやはり批評家になるより仕方なかったのだと思います。

二・二六事件のこと

二・二六の時は、中学二年生で、よく覚えています。それこそ試験の日でして、電車の運転手が、今日は赤坂の辺りが変だと言っていました。父が帰宅後、危ないから、すぐ田舎の家へ行けと言い、丁度田舎の家が出来たばかりで、車で行かされました。父は、非常に気がつく人でしたね。新聞も見ましたが、はっきり書かれていなかったな。だんだんに

府立高校時代（昭和17年春）左端・雁部陽、右端・一行

事実がわかっていった感じです。

中学の始めから、軍事教練がありました。退役の軍人がいましてね。とてもいい人だったなあ。軍事というほどのものではなかったですが、行進の仕方とか、銃の持ち方とか習いました。もうその頃は学校へ行く途中でお宮があって、そこで必ずお辞儀をしなきゃいけないとかね。そういうのがありましたがね。

高等科文科乙類

高校の受持ちは、当時ドイツから帰ったばかりの高橋義孝さんで、そのほかにも実《さね》吉《よし》捷郎《はやお》先生とか石川錬次先生、石川道雄先生といった錚々たる方々がいたんです。ドイツ語全盛の時代で、ドイツ語の授業は週に十時間もありました。毎日ほとんど二時間ありましたね。英語は週に二時間しかありませんでした。私の前の山根銀二なんかがいた頃は、ドイツ語が週に十七時間もあったそうです。毎日三時間位あったわけです。高校というのは、外国語学校だったんですね。外国語に通じないと知識の吸収が出来ない時代ですからね。私の頃は、戦争中だったので十時間に減っていましたが、それでも相当なものです。

当時の学校の雰囲気は、公立の成城といわれたくらいで、比較的上品でしたね。寮のないのは、府立高校だけでした。もちろん朴歯の下駄にマントというのが一般的でしたが、私は革靴でした。

世間では軍国主義の色がだんだん濃くなっていましたが、幸いに学校のなかでは余りその影響はなかったですね。先生方が偉かったんだな。非常に自由でした。戦争批判をやったり、天皇批判をやったり、それが学校の中で出来たんです。何処の学校でも出来たとは思えないですね。

私は必ずしも政治に関心をもつタイプの人間ではなかったけれど、当時の陸軍の動きには危惧をもっていました。軍が余りにも力をもって、政治を動かすことに対する危惧ですね。私は思想的には保守派といわれるけれど、戦時中の国家主義には同調できなかった。中国への軍の進出にはいまでも賛成できません。

東大入学から軍隊生活まで

美学に入学

昭和十七年四月、東京帝国大学文学部美学美術史学科に入学します。

美学に進学したきっかけは、当時、いわゆる文学青年ではなくなっていましたからね、芸術批評のようなものをやるんだと、ほぼ自分では決めていましたので、ドイツ文学にもフランス文学にも入る気はなかったんですね。実際の芸術に関係しているところというと美学だろうと、漠然と想像していました。少し哲学的な関心もありまして、美学は一種の哲学ですから、そこへ進もうと思いました。

大学に入る時、母が心配して、まる坊主になって父と話をさせられたことがあります。私が美学というところに入りたいと言ったら、父は全然反対しなかった。中学の頃は、この子は川島屋証券の後を継ぐ子だからと、なんかの会合で言っていましたが……。

「株屋っていうものは、誰でもが出来るっていうものじゃないんだよ」「だから、好きなことをやれ」と言ってくれました。「ただし、美学をやってその道で自信がなくなったらもういっぺん経済をやり直せ」と言っていましたね。

父が入学式に来ましてね、その折、教授に「君のお子さんは、もうお金には縁がありませんよ」と釘をさされたと、帰宅後、嬉しそうな顔をして言っていました。

美学美術史学科といってましたが、美学と美術史は研究室も別でしたね。主任教授はカント学者の大西克礼《おおにしよしのり》先生でした。非常に真面目な方で、誰も笑ったのを見たことがないというような方でした。美学の学生は十人でした。一高から来たよく出来るのもいたけれど、ジャーナリズムで成功した人はいないかな。北原白秋の息子がいたんだけど、二年生の時に京大に移っちゃいましたね。最近手紙をもらいましたが……。

大学生活

幸か不幸か大学生活は、戦争のおかげで滅茶苦茶で、四月に入学して九月にはもう二年生だといわれ、その翌年の夏には学徒動員が決まってしまった。だから三年生になったら大学には一度も行かなかったんです。それで入隊中に卒業ということになったので、論文は書いていないんです。書けと言われれば、バッハかワーグナーと思っていましたが……。

東大本郷には、チンチン電車で高樹町から信濃町へ出て、省線に乗り換え、御茶の水へ行き、そこからは歩いていきました。私は歩くのが好きだったんですね。一日としてバスなどに乗った記憶はありません。

私は、遊ぶことを知らなかったので、お小遣いを貰っても本を買うばかりでしたね。東大から御茶の水を通り越して、しょっちゅう神田の古本屋街へ歩いて行ってました。

その頃になると、ヴァレリーとかフランス象徴派の系統のものを多く読むようになったかな、それも批評のようなものが中心でした。ヴァレリーの詩はちゃんと言葉が出来ませんでしたから、読んでもわかりませんでしたから。

三年生の時には学校へは行かなかったので、京都などに旅行したり、歌舞伎をみたりしました。軍隊に入ったらいつ死ぬかわからないわけですからね。

でも、先にも言いましたが、大学になってからも成城合唱団の世話を一所懸命やっていました。この頃は、日本語でないと唄えなかったので、加藤一郎と歌詞を翻訳したりもしましたね。最後に唱ったバッハの《マタイ受難曲》も翻訳しました。

軍隊生活

神宮の学徒出陣は、昭和十八年十月二十一日でしたが、私は、あの日さぼったんだ。どうもああいうのは性に合わなかった。雨の日だったし、行きたくないですよね。軍国青年とはほど遠かったですね。行かなかったことは父にも言わなかったな。

中学からの親友で独文に入った雁部君が、東大の旗を持って先頭を行進をしたことは、前にも言いましたが、彼とは十二月に一緒に東部第六部隊に入ったんです。彼は出征して、フィリピンで戦死しました。本当に気の毒でした。

東部第六部隊は、六本木（いまの新国立美術館）にありました。もともとは近衛第三部隊ですね。いわゆる編成部隊でした。新しく部隊を編成して戦地に出す役目です。

私は、軍隊では苦労しましたよ。要領がわるいからいじめられた。

最初は皆、二等兵ですが、幹部候補生になることはわかっていましたから、入隊直後にいじめられるのです。すぐ彼らの上になっちゃうわけですから。勿論、殴られました。表向きは殴ることは禁止されていたので、お互いに殴り合わされました。往復ビンタですね。

軍隊で一番記憶に残っていることは、お腹が空いたことかな。空腹というものがどんなものか、本当にわかりました。地面に落ちている大根までが、気になって眠れないんです。山下の安子ちゃんの夫が軍医になっていたので、食べ物を沢山持って来てくれたことがありましたね。また、往復ビンタをやられ顔が腫れている直後に、母がぼた餅を持って面会に来てくれたこともありました。

結局、私は成績が悪くて甲幹にはなれず乙幹になりました。もっとも、十九年の四月かな、甲幹の試験の時に足を痛めて試験を受けられなかったんですが。それで乙種幹部候補生で下士官になるんです。私は暗号の教育を受けるようになりました。それがよかったんです。暗号教育では成績が良かったものだから軍曹になり、助教という立場で私も教える側になり、外地にも出ないですみました。しかも、外の部隊に教えに行くでしょ、そうすると、そこではお客様だから楽をしましたよ。

また、九月には、十五単位以上取っている人は、学校へも行かなかったのに、卒業だと言われちゃったんです。卒業式も出してもらえませんでしたね。

終戦の年の春頃は、ヱ号演習というのがあり、平塚の奥の山の中で、敵前上陸に備えて穴を掘っていたんです。そこに通信隊ということで、私が隊長となって行っていた。皆は穴掘りなんですが、私はすることがないので、毎日のようにバスで平塚の町へ出て、囲碁の木《き》谷實《たにみのる》さんの家にお邪魔してピアノを弾かせていただいていたんです。お嬢さんが音楽学校をめざしていたので、ピアノがあったんです。「怪童丸」といわれた十五歳のころから、父が木谷さんの後援会長だった関係があったのです。

軍隊入隊（昭和18年）

木谷實さんのこと

木谷さんについて少しお話しますと、木谷さんは、昭和前期を代表する囲碁棋士のひとりですが、十二歳で久保松勝喜代四段の紹介で、鈴木為次郎六段のもとで修業するために上京して最初、相撲の二所ノ関部屋に下宿したそうです。そこで玉錦などと親交を深め、力士に負けないくらい、ちゃんこをよく食べたそうです。そして、父が世話をするようになってから、お正月毎に歳の数だけお餅を食べるのですが、二十五歳くらいになった時、さすがに二十くらい食べたら苦しくなり、宿屋の人が気を利かせて、途中からお餅を半分にして出したというエピソードを聴いたことがあります。

また、ある時山中湖の父の別荘に、平塚のご自宅から山羊一匹連れて、御殿場の山を越えて歩いていらっしゃり、「来ました」とかいって、現れたのです。変わった面白い方でした。

やはり、山中湖にいらしていた時、散歩に行かれたのに、何時までたっても帰って来られないので、探しにいくと、足許で「もしもし、もしもし」とおっしゃるのです。溝に嵌まって蹲《うずくま》って動かないのです。大して深い溝でもないのに、出ていらっしゃらないのです。こちらが探しに行かなかったら、どうするおつもりだったのかと思ったものです。

また、戦争中の物のない頃、平塚の家に内弟子をたくさん育て、ピーク時には三十人を超えたとも伺っています。何しろ、奥さんが偉かったんだと思います。内弟子には、大竹英雄、石田芳夫、加藤正夫、趙治勲、お嬢さんの禮子さんと結婚した小林光一氏もいました。

まだまだ、思い出があります。棋院で、時間制を導入しようとしたのですが、木谷さんが絶対反対だと頑張る。棋院が困ってしまい、父に説得するように頼まれ、木谷さんを家に呼んで「お前妥協しろよ」というと、黙ってしまい、梃子でも動かなかったんです。一日中、家にいて座り込んでいました。

自分の信念が非常に強い人で、立派な方でした。私は、高校から大学にかけて非常に影響を受けた人です。

甲府空襲

平塚から帰って、今度は甲府に暗号を教えに行きました。お客さんで楽をしていました。教官がいて、私は下士官だから助教でしたが、一緒にしょっちゅう外へ出て行きました。甲府だから葡萄酒があるわけです。武人が行くと、民家で葡萄酒をだしてくれるんです。教官が面白い人で、昼寝をして帰るんです。教育どころの話じゃないですね。

でも、昭和二十年七月六日の甲府空襲の日、私は兵隊さんを連れて暗号を変換するために、東京に出張する日だったんです。ところが駅へ着いたら、空襲が始まったんです。周りの山から焼け始め、汽車が来ないし、雨が降って来たので、そこに停まっていた汽車の中で待っていたのです。

そのうちに爆撃が始まったんですが、私がなんの気なしに座っていた席を立ち、席を移ったら、私の座っていた席にあとから来た人の頭の上に、焼夷弾の笠が落ちて来て、ギュウともいわず、即死でした。まったくの運ですね。死んだのは父親でしたが、戦争中ではあまり見たことのない綺麗な着物を着た、まるで伊豆の踊り子のような娘が（旅芸人のようでしたが）しばらくして、死んだのが分かるとギャーと言って泣き出したんです。その時の声で、まだ子供だとわかりました。

私はわりに呑気なほうですが、当時は誰でも死に直面していたわけです。軍隊に入ったばかりの頃、飛行機隊（いわゆる特攻隊のようなもの）を募集したことがあって、軍隊でいじめられてばかりだったので、そういうところに入ったら楽かなと思いましたよ。そうして死ぬのかなと思っていました。まあ、半分、死ぬのかなあと、覚悟していましたね。

空襲が終わった後に、偶然にも同じ山梨の編成部隊として直道が入ってきました。外に出されると死んじゃうと困ると思ったものだから、動員主任の人に頼んで日本に残してもらえるように頼んだんです。

信二は、私と一緒に軍隊に入って、神奈川県の相模原の方へ行きました。音楽学校の生徒は、わりに通信隊に入るんです。やはり乙幹になっていましたが、私より一寸早く除隊しました。兄弟三人とも軍隊に入ったわけですが、無事に終戦を迎えることが出来ました。

終戦の時

東部第六部隊は空襲でやけてしまって、私共は江古田の小学校に移っていました。この小学校も空襲にあったのですが、隊は残って、玉音放送は、そこで聞きました。戦争が負けることはほぼわかっていたし、原子爆弾のことも知っていたので、やはりそうかという気持ちでした。だらしないようですが、軍隊から解放されるのが嬉しかったですね。

日本の軍は、なんとかして残したいと思っていろいろやったようで、一時は、お前達は警官になるんだといわれたのを覚えていますが、結局それも、アメリカ軍に否定されました。九月の六日に除隊になりました。

三月の空襲で麻布の自宅は焼けてしまったので、江古田から埼玉の家に帰りました。父は仕事があるので京橋の親戚の家を借りて住んでいましたが、母は埼玉の家に行っていましたし、親戚もみんな埼玉にいました。

音楽批評家としての出発

東京大学大学院入学のころ

終戦後、秋には山中湖の父の別荘に行っていました。父に「山中湖へ行って少し遊んで来い」と言われ、そこでむやみに本を読んでいた。軍隊では本に餓えていましたからね。そんな折、信二の指揮の先生である山田一雄さんの友人で、音楽之友社の編集長（作曲家でもあった）の清水脩さんに頼まれて、エッセイを書くことになりました。当時、評論家の先輩も東京を離れている方が多くて、それで書き手を捜していたんでしょう。「今日の心」という題で、ただ楽壇の外にいる人間としての感想を書いた。「舞踏する星を生み得るためには、人は内に混沌を蔵していなければならない」というニーチェの言葉をまくらにしたんです。私は戦争中ニーチェをかなり読んだんですね。

そのすぐあとに、「音楽する心」という文章を書いた。これは「若い従兄弟のために」

書いたものですが、そこでバッハやモーツァルトが好きだと書いた。そしてピアノが好きだとも言ったんです。

この二つの文章が野村光一さんの眼にとまったんですね。それで早速、毎日新聞にスカウトされた。当時、野村さんは毎日新聞の嘱託みたいになってコンクールの仕事をしておられたから、そんな中で自身が毎日新聞に記事を書いていることが、まずいと思われたんじゃないですかね、コンクールをやるには。それで批評の後継者として、私を引っ張っちゃったんだな。私は新聞批評というものには関心がなかったし、自信もなかった。それで一応お断りしたんだけれど、批評家になるなら新聞批評をやらなければ駄目だといわれ、そういうものかなと思って、ともかくやることにしたんです。

昭和二十一年の四月、東京大学文学部大学院に進学し、音楽美学を専攻しはじめた時期に重なるわけです。私が二十四歳になった頃ですね。

批評家の先達

野村さんは、太田黒元雄さんがお金を出してされたんだろうけれど、まだ楽壇もクソもない時代に、太田黒さんと堀内敬三さんの三人が中心で、同人雑誌みたいなものを出しておられた。音楽批評の草分けみたいなものですね。御三人とも音楽学なんてものとは、あんまり縁のない、いわば音楽好きの素人というべきでしょう。野村さんは恵まれた家庭に育ち、イギリスに行かれていたし、大田黒さんは大金持ちですからね。皆ヨーロッパで音楽を聴くようになり、音楽に魅せられ、それで自ら批評家になったんですね。私もそれに繋がっていると思います（野村さんよりは沢山本を読んだだけど……）。批評というのは本来そういうものでしょう。いまの若い批評家は学者風の人が多いけど……。

野村さんの批評でよく覚えているのはヴェルディの《オテッロ》を聴いたときのことかな。野村さんはすっかり感心して「ワーグナーは負けた」と言ったんですよ。こういう言い方は私には出来ませんけど、それを書けた人でしたね。どっちが勝った負けたというより、本当にヴェルディに感動したということでしょう。野村さんの真骨頂ですね。

大田黒さん、野村さん、堀内さんたちには、大変可愛がっていただきましたが、次の世代の山根銀二さんとか、園部三郎さんたちには、だいぶいじめられた。急に若いのが出て来たというので気に障ったんでしょう。

最初の新聞批評

最初に頼まれたのが、昭和二十一年秋の第一回芸術祭の批評なんです。安川加寿子、井口基成、諏訪根自子、そしてクラシックへの転向といわれた山口淑子の四人の評ですが、諏訪さんを褒め、山口さんには失望したと書いています。

四人合わせて、原稿用紙たった二枚の原稿でしたが、当時は新聞の紙面も僅かでしたので、大盤振舞いの分量だったんです。目立った反響はありませんでしたが、私は自由な立場でしたから、いま読んでも随分思い切った書き方をしています。それが受けた面はあるようです。

まだその頃は、別に音楽批評家になろうと思っていたわけでもなかったかもしれない。ただ批評は書きたいと思っておりましたが、いわゆる楽壇的な音楽批評家になるつもりはあまりなかったんです。それを書いたものだから、楽壇人になっちゃいましたがね。

始めのうちは、新聞の音楽批評というのは、小説のうしろの余ったところに載ったんですが、今日は何字余っていますからとか、少ないときは百五十字で書けとか、今の批評家には想像もつかないことですよ。ヴァイオリンなんて書くと長いから提琴と書いたり、無茶と言えば無茶な話で、ほんとうにもう一口話のようなものを書いた批評が多いわけだけど、その当時は全てがそういう状態でしたね。

そうやって暫く書いておりますと、山根さんなんかが気に入らなくて、「あいつ、辞めさせろ」とかなんとかいうことがあって、書いたり書かなかったりしていました。

山根さんは私より十五歳くらい年上ですが、彼は思想的には左翼でしたね。戦後の或る流れの中では、有利な立場におられたわけです。だから山根時代というのがあるわけですよ。

昭和二十五年、若い音楽家が集まってサークルみたいなものを造ったことがあるんです。作曲家の柴田南雄、小倉朗、入江義朗、別宮貞雄、それに畑中良輔もいたかな。そこに批評家として吉田秀和さんと私が加わったんです。小倉朗の家に集まってサロンを開いたんです。そこで盛んに山根批判をやりました。社会派に対して芸術派といってもいいかもしれないね。

吉田秀和さんのこと

吉田さんは私より九歳上ですが、ジャーナリズムへの登場は少し遅いんです。戦時中はお役人をしておられた。その頃にシューマンの音楽論を訳した『音楽と音楽家』という本がありますが、そのあとがきの文章を読んで、ああ、自分と同じようなことをやろうという人がいるんだなと思いました。

それで、戦後すぐ、弟の直道がダヴィッド楽社という出版社をつくって、音楽雑誌を出そうということになったんですが、そこで吉田さんに原稿を頼んだ。それが「ロベルト・シューマン」です。雑誌は結局出なかったんですが、あとで『主題と変奏』という本に収められて、吉田さんの出世作になった。

サロンでの活動

昭和二十四年に「音楽美術研究会」というのをはじめました。これは、二歳ばかり先輩の寺西春雄さんの発案で、田中耕太郎の弟の田中吉備彦、ピアニストの筧潤二と私の四人ではじめたんです。研究なんてことは何もしないで、ただベートーヴェンの全曲演奏なんてことを企画し実行したりしました。

そして、その延長として、筧さんの家で加藤周一、中村眞一郎、窪田啓作らの「方舟」の仲間とサロンをやりました。加藤周一と筧さんは東大医学部の同僚なんです。筧さんのお父さんが、大きな病院の持ち主だったのでその病院の一室を借りて、月に一度集まって、まず演奏家を呼んできて聴いて、それから誰か話をする人を呼んで来て、あとはおしゃべりです。寛さんはピアニストですからね、いいピアノもあったな。

サロンといえば、やはりその頃、寺西さんの発案で「若い音楽家の会」というのもやった。戦後出て来た若い音楽家が二十人ばかり集まったかな。伊東昭子（のちに寺西夫人になっちゃった）、林リリ子、森正などがいました。月に一度、これは主として五反田の私の父の家でやりました。結構活動的だったし、友達も出来たし、おもしろかったですよ。

教師の仕事

大学院の方は、当時は呑気なもので、年に一度論文を出せばよかった。最初の年はブゾーニの「音楽美学草案」について書きました。そんな折、村田武雄さんに頼まれて、昭和二十三年には、慶應義塾高校の講師となり、西洋音楽史を教えることになりました。当時、高校は麻布の三の橋にあって、五反田の家に近かったので、それじゃ、まあやってみるかということで、引き受けたんです。

その時に、生徒に林光がいました。彼はもう音楽家になるような運命の人間でしたね。子供の頃からチャカチャカピアノが弾けて、お姉さんがフルート奏者の林リリ子で、お父さんは、有名な耳鼻科の先生でした。その耳鼻科に音楽家が出入りしていたんです。音楽家の中で育っちゃった感じの男ですよ。慶應の授業に行くとね、教室でピアノをジャーッと弾いているのがいるんです。嫌なやつがいるなと思いましたが、そいつが林光でした。上手かったですよ。

音楽史を教えろということだったんですが、相手は素人ですから、レコードを持って行って聴かせて、いろんな話をした程度ですよ。生徒には、音楽なんていうものは、誰もが好きにならなければいけないものじゃないんだから、つまらないと思ったら居眠りしても他の本を読んでもいいんだよ、と言ったんです。ただ、大きな声を出して邪魔するのは、勘弁しないとも言いました。林光は、あとで、遠山先生は自分たちを大人扱いしてくれたと書いています。

慶應高校は一年だけでやめて、翌年からフェリス女学院の助教授として呼ばれ、同時に東京藝大の講師にもなった。藝大に行って二年目か三年目に、林光が入ってきて、また生徒になっちゃった。諸井誠も藝大の生徒でしたね。

そのほかに、あとで桐朋学園の音楽科に発展する「子供のための音楽教室」でも教えていました。

進むべき道

小林秀雄が昭和二十一年「創元」に書いた「モオツァルト」は、すぐ読んで大変ショックをうけました。当時はもうやりたいことははっきりしていたけれど、音楽批評の分野でこういう立派な仕事が出現したことに対する、喜びみたいなものですね。嬉しかったですし、大きな刺戟になったんです。

昭和二十五年九月には、河上さんが「ドン・ジョヴァンニ」を「群像」に書いておられます。小林秀雄の「モオツァルト」に非常に影響を受けたが、自分は違うということを書きたかったんでしょうが、私には正直よく理解できないところがありました。当時、私はキルケゴールが解らなかったといってもいいでしょうね。

河上さんには、前にお話したダヴィッド楽社の未刊の雑誌に原稿をお願いし、「音楽の近代性に関する一考察」というかなり長い原稿をいただきましたが、河上さんの音楽批評の中では一番正面切った文章だと思います。「ドン・ジョヴァンニ」はその後です。

また、その頃メニューヒンが来日したんです。これは戦後初めて来た外国人の大家なんですね。それを批判して大問題になりました。当時外国人を呼ぶのは大変なことだったたんです。朝日新聞が呼んだ大家を毎日新聞で批判したというのでちょっとした騒ぎになった。はっきりいって、その頃のメニューヒンは不調だったんです。あとで自分でも「あの時は、おかしかった」と書いていますよ。それで、大家と呼ばれる人がどうしてこういうことになるんだろうと書いたんです。朝日の批評家からはチンピラが何をいうかと叱られました。

河上さんとの出逢い

河上さんとの出逢いは、私は高校時代から一種の河上ファンでもあったわけですが、さっきお話した原稿をお願いに行った時です。伊集院清三さんという方がいらしたでしょ。戦後三越で室内楽の会をやっていて、河上さんが言い出しっぺなのかな、それをプロデュースする仕事をなさっていた方で、吉田健一さんのご親戚(後年、桐朋学園の事務局長だったりもした方ですが)です。彼に紹介して貰って、有楽町で逢ったんです。その時のことを河上さんは、コーヒー一杯で口説かれたのは初めてだと書いておられます。そのコーヒーも当時はにせ物で、豆《トー》ヒーだった。直道と一緒でしたが、直道はその後河上さんに可愛がっていただいて、ダヴィッド楽社の顧問になっていただいた。私はその直後にフランスに行きましたが、直道はずっと付き合っていたんです。私はフランスから帰ってからですね。本当にお酒を飲んだりするようになったのは。

音楽コンクールの審査員

フランスに行く前には、一度だけ音楽コンクールの審査員をやりました。コンクールとの付き合いはその後長いんですよ。六年間留守しちゃって、帰ってから直ぐに、毎日新聞に書くようになり、そのうちに委員長になっちゃったんです。

でも、コンクールには複雑な気持ちをもっていた。戦後の世界でコンクールが盛んになるのは必然的だけど、これは一種の必要悪だと思っています。みんなが上手になったのでコンクールのようなものがないと困るけど、音楽にとってこれはかなり危険なものだとも思いますね。今の音楽界の技術偏重や演奏の画一化はコンクールに大いに関係がある。私が委員長になってからは、その危険をなるべく小さくしようと思ったけど、余りうまく行かなかったですね。

文学の芥川賞も似たようなところがありますが、芥川賞は少人数の審査員で話し合って決まるんでしょう。音楽の方は二、三十人の審査員がいて、点をつけて機械的に決まってしまうんです。私がする頃から人数を十人くらいに減らしてもらってやったんですが、結局、音楽に対する好みがいろいろでも、誰が見たって、技術が巧いやつは巧いですからね、技術で順位が決まっちゃう。そういうことがあって、やっぱりね、音楽に点数をつけたり、順位をつけたりするのは、おかしいわけですよ。

批評は文学

私は正直に言って、先輩の音楽批評家の方々の記事にあまり関心を持たなかった。私は批評は文学だという考えでやっていたけれど、昔の方々は違うでしょう。それで、私は先輩の仕事からあまり学ばなかったといって、山根銀二さんにおこられた。昔の人が駄目だという気持ちはなかったけど、自分の仕事は違うと思っていました。新聞批評は別ですが、私は長い間それには馴染めなかったですね。

やはり小林さんや河上さんの弟子でありたいという感じが強かったです。その頃書いたものは、幼くて破棄したいようなものですが、私の仕事で最初に一般のジャーナリズムで通用しそうなのは、フランスから一時帰国した時に書いた「ペレアスとメリザンド」と「ドクトル・ユーパリノス」ですかね。両方とも対話体で書いたけど、二年間フランスにいたことが影響しているかもしれない。小学館の『昭和文学全集』の随筆の巻に入っていますが、一番私の本質を表しているかもしれませんね、若書きの文章ですが。

フランス留学

ヨーロッパ体験

私は初めから学者になる気はなかったから、あるテーマを設けて論文を書こうというようなことはないわけだから、そりゃあ、呑気なものでしたよ。全体としてヨーロッパを本当に体験したいという気持ちが強かったですね。そのなかで自分が肥っていくことが大切だと思ったんです。もちろん批評家ですから、音楽を聴くことが最重要だったけれど、それでも昼間は大体学校に行っていました。

高校ではドイツ語でしたから、フランス語はできなかった。本当はドイツへ行きたかったんですが、その当時ドイツは敗戦国だし、そう簡単には行けやしない、どうしようかと思っていたら、池内友次郎先生が、フランスなら行けますよ、と言ってくださった。フランスに行けばドイツに行けるだろうと思ったんです。それではじめは語学学校に通ったんですが、少ししてからコンセルヴァトアールとパリ大学に聴講生として籍をおきました。

先生は、コンセルヴァトアールではノルベール・デュフルク。彼には大変可愛がっていただきましたが、当時音楽界の重鎮でしたね。パリ大学ではジャック・シャイエで、彼はうんと若くてね。作曲家でもあり、オペラも書いていました。私が入った年に教授になった人です。私に「何をやりたいんだ」と尋ねるから、「本当はバッハを勉強したい」と言うと、「日本人がバッハを勉強してどうするんだ」って言うんで、「パリまで来て、日本の音楽やってもしょうがないでしょ」と言ったら、苦笑していましたよ。その後、文部省の視学官になって、日本の音楽教育の視察に来ましたよ。慶應義塾幼稚舎に連れて行ったりしました。

当時は、日本人の留学生は少なかったですが、私が行った年にはほかに六人の音楽家がまとまって行ったんです。矢代秋雄、別宮貞雄、黛敏郎、西沢春子、甲斐直彦、山根弥生子ですね。その前に行っていたのはピアニストの田中希代子とパリ生れの高野燿子のふたりでした。遠藤周作もその前年に給付留学生として行っていた。

父に留学したいと伝えると、父は二つ返事で行って来いと言ってくれました。全然反対しませんでしたね。一ドル三百六十円の時代で外貨の持ち出しは禁止で、一銭たりとも持ち出せなかった。ですから、アメリカ人の知人（日系人）を通じてお金を都合してもらいました。あとで父が返してくれるわけですが……。ですから、アメリカ経由でパリに飛行機で行ったんです。

ハワイの後、サンフランシスコに二、三日滞在し、そこからニューヨークに一週間くらい滞在しました。ニューヨークには渡邉暁雄さんがいらして、いろいろ世話をしてくれました。江藤俊哉さんにもわざわざ逢いに行ったな。ニューヨークの演奏会で一番覚えているのは、バレエですね。ニューヨーク・シティ・バレエ団というのがあって、バランシンが統率していた。バランシンのバレエは新古典主義などといわれたけれど、文学的な筋などのない、当時としては前衛的なもので、私は非常に興味を惹かれた。日本にいるままだったら、バレエの面白さや魅力を感じなかったかもしれない。いまでも新しいバレエには関心をもっています。

パリでは、普通の家庭に下宿したんです。場所は十六区だからまあいいところなんだけどね、当時下宿代は安くて、三食付きで三百五十フランくらいでした。池内さんがそこに住んでいらしたんです。大きな家でね、池内さんの部屋とお風呂場を挟んで私の部屋があったんです。

当時は、まだ日本と講和条約も結ばれていなかったんですから、いろいろと不便があった。滞在の許可を得るために、一ヶ月に一回警察に行かなければならず、フランスから出ようと思うと、大学で証明書をもらって、領事館、警察へ行って、二、三日かからないと行けませんでした。論理的には敵国人ですからね。

パリもいわば「戦後」の状態で、すべてが地味でしたね。いまとは違う。そこにはまだ戦前の生活や社会状況が残っていて、そういう古いパリを知ったのはとてもよかったと思っています。特に音楽ではそうですね。戦前の大家たちがまだ残っていて、それが聴けた。そしてその後の戦後派には、かなり違和感をもつようになったんです。

音楽会のこと

何といっても断然心を惹かれたのは、フルトヴェングラーとコルトオですね。フルトヴェングラーは春と秋にウィーン・フィルとベルリン・フィルを連れてパリに来たんです。これは本当に感心した。心を奪われたと言う表現がぴったりです。コルトオの方は、もう大分年を取っていて、指の方はあやしくなっていたけど、その晩年の演奏に感心したんです。彼は一般に十九世紀的なロマンティックな表現をする演奏家といわれるけれど、晩年の音楽はもっと批評的で深いものになっていた。このふたりには、文字通り頭をさげました。

そのほか、ピアニストではエドヴィン・フィッシャーとケンプ、ヴァイオリニストではティボーなどがやはり素晴らしいと思ったけど、みんな戦前からの大家ですね。日本ではまだ聴けなかった。

昭和二十七年春に、パリのシャンゼリゼ劇場で「二十世紀音楽祭」が開催されました。戦争中に冷や飯を食ったような新しい音楽をやったんです。ブーレーズとかジョン・ケージなどを初めて聴きました。

やあ、変な音楽だと思いましたよ。殊にケージの方はね、だってピアノの前に座って、ピアノの脚を叩いたり、それからピアノが両側にあって、何か合図しながらやる変な音楽だったな、しばらくして出て来て、蝶々飛ばして行っちゃったとか。いまはみんな消えちゃったような前衛が流行りはじめたころです。

日本では、まだドデカフォニー（十二音技法）がやっと出て来た頃で、ケージは名前も知らなかった。

二度目の下宿

パリ滞在一年後の夏休みに、池内さんと黛君が日本に帰って行き、黛君がいたところに、私が引っ越しました。そこでは御飯をつくってくれなかった。それで自炊したんです。朝はパンとコーヒーだけ。あとは肉屋で牛肉、鶏肉、豚肉を買って来て、それを焼くだけ。でも野菜スープはつくれるようになったな。

それも、その後すぐ豊田耕児さんが日本から来て同じ家に住んだので、彼が御飯はつくってくれました。「遠山さんは、サラダかき混ぜるだけでした」と言っていました。

豊田さんはヴァイオリンの勉強のため、すぐコンセルヴァトアールに入ったんだけれど、その直後に、エネスコが指揮する演奏会に行って、すっかり感激して、その場で彼の弟子になりたいと言ったんです。そうしたら、エネスコが「それは辞めなさい、ともかくコンセルヴァトアールを卒業してから、僕のところへいらっしゃい」と忠告しました。その時エネスコが、「心のなかに火を持った青年に久しぶりに会った」って言っていました。「メニューヒン以来だ」ともいいました。

もうひとつよく覚えているのは、三島由紀夫に会ったことです。当時、加藤周一が日経新聞の記者として来ていて、三島が来るので対談してくれと言われたんです。三島はまだ二十九歳で、私は三十歳になったばかりでした。三島はアメリカを旅してパリに来たので、話はその旅行のことでしたが、最後に彼がいった言葉はよく覚えています。日本の文化というのは「結論の文化」だけど、ヨーロッパの文化というのは「プロセスの文化」だと言うんです。三島らしい鋭い言葉だと思いましたね。

藤村慶子との出逢い

大使館のパーティ

昭和二十九年九月に再びパリに戻って、すぐだったかな。大使館でパーティがあり、そこで参事官の奥様に紹介され、初めて慶子に会いました。その時はそれだけだったんですが、お正月の一日にまた大使館でパーティがあり、慶子も私も呼ばれていて、二度目に会ったんです。その頃はまだパリにいる日本人が少なかったから、音楽関係だけでなく、いろんなジャンルの人々が、殆どみんな呼ばれたんですね。

その直後だったかな、女性中心の集まりに呼ばれたんだ。その時はいろいろ話をしました。その時にコルトオの公開講座のチケットを取ってもらうように頼んだのかな。

コルトオはスイスにいたわけだけど、時々パリに出て来て、エコール・ノルマル音楽院というコルトオが作った学校の講堂で公開講座を熱心にやっていたんです。その講座というのは当時とても有名で、世界中から大勢の人が聴きに来るものだったので、なかなか切符が取れなかったのです。

妻・慶子のこと

昭和二十七年にコルトオが来日した折、慶子が習いに行っていたピアノとフランス語の先生のお宅（本野元伯爵家）にコルトオがいらしてね、そこで慶子のピアノの演奏を聴いていただいた。コルトオが、「あなたの音楽はとても面白い、自分と一緒に勉強しに来ないか」とおっしゃり、パリに行くことになったんです。

慶子は、コルトオも親しかったマダム・ダルバスという元伯爵夫人（本野さんのおばさまで、日本に来ていたフランスの元貴族で海軍武官の方と結婚し、フランスへ渡った人です。当時六十歳くらいでした）の家に預けられた。私とはちがって贅沢な生活をしていたんですね。パリで暮らす前に、田舎のシャトーに泊められて、言葉やマナーを学んだり、鹿狩りをしたり、クローデルのサロンに出入りしたり、毎日お風呂に入れたり（私は特別にお金を払って、下宿で週二回入れてもらっていましたが、本当に慶子の生活とは月とスッポンだった）……。

藤村慶子（昭和29年夏、一行撮影）

学校に通いながら、一ヶ月に一度コルトオが住んでいたローザンヌにレッスンに行ったり、彼がパリに出て来る時は、その間毎日レッスンがあったりだったようです。

スキーで骨折

昭和三十年の冬に私は、一緒に留学した仲間で、作曲の勉強をしていた甲斐君とスイスにスキーに行っていて、吹雪に遭い崖から落っこちて、脚の骨を折っちゃったんです。

たまたま通りかかったイギリス人の学生に、「怪我をしたので誰かを呼んでくれ」といったら「ＯＫＯＫ」といって救急隊を呼んでくれた。それで山の下のインターラーケンの病院に連れて行かれ、そこで手術をしたんです。いまと違って、外科のお医者さんは病院に属しているんじゃなくて、病院に場所を提供してもらっているだけなので、患者と手術料を直接交渉するんです。「学生だろう?」と言うので「学生です」と答えたら、「安くしてやろう」と。

一ヶ月ぐらい入院しましたかね。手術の直後は痛くて何も食べられないんです。母が日本から米を送ってくれたのでお粥をつくってもらったんだけど、バターで煮込んであって、やはり食べられない。「バターを入れないで」って頼んだら、こんどはお粥の上にバターがのっかっていた。ただのお粥なんて想像ができないんですね。入院中はやることがないから、本ばかり読んでいました。一番よく勉強した時期ですよ。慶子は、まだお見舞いに来るような関係じゃなかった。

コルトオの面接試験

昭和三十年の六月に、チケットを手配してもらったコルトオの公開講座があり、慶子がそこでラモーの曲を弾いたんです。これはなかなか才能がある人だなと思いました。

それがきっかけで、付き合いが始まったんです。その時慶子は二十一歳、私は三十二歳でした。

六月の半ば過ぎだったでしょうか、ピカソ展を一緒に見に行ったんです。それもふたりでは具合いが悪いから（マダム・ダルバスがとても厳しかったので）、知人をさそい三人で行きました。

慶子が「ピカソの絵には毛が生えている」って言うんです。「わあ、面白いことを言う人だなあ」と思ったのを覚えています。

八月頃になると、盛んに手紙をくれたりしました。それで私も少し心配になった。私の方も好意をもったけど、慶子は若く私はずっと年上だし、これでいいのかなと思った。その夏に、手術後脚に入っている金属を取り出しにまたスイスに行きましたけど、その頃には一日に二度くらい手紙が来たりしました。

そして、その年の秋にはかなり付き合いましたかね。もっとも金曜日に限って逢っていました。そのうちに私の方も本当に慶子が好きになったんです。それで、その年の暮れには結婚しようというような話になりました。

最後の一年は、私は学校などはやめてヨーロッパの国を見て廻ろうと思いました。それまでもスイスやイタリアそれにドイツには行ったけど、その他の国は知りませんでした。

慶子はピアノの勉強が忙しいし、大抵は一人でしたが、スペインには一緒に行きました。その時に慶子の母親に手紙を書いて、許可をもらった。私はそういう点では真面目なんです。お母さんも恋愛結婚だったので、慶子が本当に好きなら、ということでした。

コルトオの方は、慶子が結婚したいといったらしいんです。そうしたら、相手を連れて来いと……。それでコルトオの面接試験を受けた。

前もってデュフルク先生の方に私のことを聴いておられたらしいですよ。ですからそんなにくどくどした話はなかったです。ともかくピアノは続けさせろと仰言るので、それはお約束しました。コルトオは慶子のピアノが本当に好きだったようです。自分は考えながらでなければ弾けないけど、慶子は自然に音楽が出来るから羨ましいと――。当時慶子は少し自信をなくしていたみたいで、ピアノは止めるなんて言っていたけど……。

フランス贔屓に

慶子のことは別として、フランスで一番大きな経験というと、やはりフランスの教会建築を知ったことですね。美術はもちろん好きになったけれど、一番印象に残っているのは教会建築です。シャルトルなど、ゴシックのいいものはパリの周辺にたくさんあるわけですが、シャルトルが断然いい。ここのヴィトロー（ステンド・グラス）が見事ですが、私には一時、このカテドラルがヨーロッパの象徴のように思えていた。だんだんその気持ちはロマネスクの教会の方に移るんですが、ともかくヨーロッパの中世の建築に惹かれる気持ちが今でも強いですね。

それに、これは小さなものだけど、パリのルーヴル美術館にある一つの絵。普通「アヴィニヨンのピエタ」と呼ばれている十五世紀の宗教画。ルーヴルは大きすぎてちょっと馴染めないところがあるけれど、この絵を見るために何度も出掛けたんです。まだ中世の趣を残した絵ですが、深い精神性にあふれていて素晴らしいものです。私だけが好きなんじゃないことは、セザンヌをはじめとする近代の大画家たちがこれを模写していることでもわかりますが……。意識して見ていたわけではないけれども、そのベースには宗教的な感情を刺激するようなものがあったんだと思います。

はじめは、フランスに馴染めない面もありました。フランスからドイツへ行くと、こんなにも人間が違うものかと思ったし、音楽も全然ちがう。

私が下宿した家に、小さな女の子がいたんです。その子が持っていた音楽の教科書を見たら、はじめに音楽の定義が書いてあって、「音楽とは、音を耳に快く配列する芸術である」

と書いてあった。これには驚きましたね。ドイツ人ならそういうことは絶対書かない。ドイツ人なら「音楽とは、音で感情や思想を表現するものだ」とか何とか言うでしょう。でも、フランスにいるうちに、そういうフランス人の考え方や感じ方が分かるようになってきたんです。音を手でさわれる「もの」のように感じる感じ方ですかね。

また、それとは少し違うかもしれないけど、フランスは批評の国といっていいでしょうね。一人ひとりが批評家なんです。そういうフランスのメンタリティにだんだん馴れてきて、ここでゆっくり生活してみたいという気になったんです。

ドイツから気持ちが離れたと言うことでは、決してありません。ドイツはやはり音楽の国ですし、ドイツではワーグナーの体験が一番大きいです。バイロイトでワーグナーの孫のヴィーラントの演出を見て本当に感心した。抽象的で、必ずしも演劇的ではなかったけど、音楽のイメージに忠実に従ってやっていました。これが本当のワーグナーだと思いました。その後バイロイトもすっかり変わってしまったけれど……。

自分の知らないヨーロッパというものをたくさん知りました。

イタリアは何処へ行っても素晴らしいものがある。いろいろ旅行しましたが、一番気に入りましたね。それで、帰国前にもふたりでイタリアへ行ったんです。そして慶子はローマから真っ直ぐ日本に帰ったけど、私は一度パリに戻ってから帰りました。昭和三十二年八月末のことです。

帰国後の生活

結婚式

日本には、慶子より十日ほど遅れて帰国しました。

遠山の家では、予め慶子のお母さんに会ったりしていたようですし、両親も慶子と会って気に入ってくれたようです。私の母がすすめて、一度リサイタルをしたんですよ。

翌年の三月七日に帝国ホテルで結婚式を挙げました。当日の朝は、雪が降っていましたが、式の頃には止んで、いい天気になっていました。また、その朝、慶子の実家にはコルトオから電報が届いたんです。「可愛い慶子、音楽を忘れるな」というもので、お祝いの言葉が一言もなかった。

仲人は野村光一さんでしたが、そこでジャンヌ・イズナールというフランス人の女性ヴァイオリニストと山岡優子と青木十郎の三人でトリオをやってくださった。曲はメンデルスゾーンだった。

イズナールさんは桐朋学園の先生として招ばれた人だけど、私がパリで会って交渉したんです。遠山ははじめて会った日本人だということで、日本へ帰ってからも親しくしていました。結婚式には小宮豊隆さんも来ていて、酔っぱらってイズナールさんにキスしちゃったりしました。

野村光一と（昭和36年頃）

小宮さんは野村光一さんの先生なんですが、私が藝大に呼ばれた時の学長でした。書いたものを見せろというんで前にいったブゾーニの論文を見せて合格になりました。

そのほか吉田健一さんとか吉田秀和さんとかもいらしていただいた。吉田健一さんは、河上さんの関係で存じ上げていた。父の関係では、日銀の総裁とか三菱銀行の頭取とかがいらしていましたが、「高砂や」式の結婚式じゃないし、戸惑っていましたね。小宮さんが一人ではしゃいで、イズナールさんにMay I kiss you? とか言っていましたね。

当時としては珍しく気軽な会で、慶子もお色直しなんてことはしなかった。はじめからウエディングドレスでしたね。

新婚旅行は、一週間ほど関西へ行きました。まず奈良に行って、それから和歌山の白浜に行きました。よく覚えているのは、奈良で「若草粥」を食べたら、慶子がいくら食べてもこれじゃお腹が一杯にならないって言うんです。美味しいものを食べさせたのにね。その頃慶子はよく食べたなあ。

帰ってからは五反田の両親の家で、その年の暮れまで一緒に住みました。

九死に一生

結婚の直前だったかな。実は生命《いのち》拾いをしたことがあるんですよ。

河上さんと銀座で飲んで、当時はまだ飲酒運転はうるさくなかったから、そのまま車で柿生のお宅まで送ろうとしたら、途中の新宿でまた飲みましょうといわれた。それでやっと柿生まで送ったら、またお宅でお酒でしょう。酔っぱらって、もう帰れませんといったんだけど、先生はもうへべれけで何もわからない。仕方なく運転して帰り出したら、途中で田圃に落っこちてしまった。私はただ落ちたと思ったんだけれど、実は一回転してひっくりかえったんです。こちらは泥酔しているのでそれもわからなかった。しかし酔っぱらっていたのでよかったんですね。猫みたいなもので、傷一つしなかった。

それで仕方ないから、どこかで電話を借りようと思って歩き出したら、道端に赤い電灯を持って丹前を着て坐っている人がいた。お巡りさんだったんですね。親切な人で、そういえば犬が鳴いていましたなあとかいって、電話でタクシーを呼んでくれて、それで帰ったんです。

翌日は、友人の結婚式があって、仕方ないから父の家にいた書生さんに車を取りにいってくれと頼んだんです。田圃に落ちたからといって――。そうしたら書生さんが帰って来て、落ちたんじゃなくて、ひっくり返ったんですと言うんですね。生命《いのち》拾いです。甲府以来二度目ですね。

河上さんには、悪いから、結局話さなかったな。

埼玉での披露宴

新婚旅行から帰った後で、埼玉でもう一度披露宴をしたんです。台所を手伝ってくれる人を入れれば四百人くらいの人が集まった。慶子はちゃんと髷をゆって、真っ白い化粧して。それを見て、慶子のお母さんが、あれ本当に慶子なのって仰言った。私もちゃんと袴をはいて――。それから、少し離れた鎮守様まで歩いて行くんです。車なんかに乗ったら評判わるい。田舎の人はそれを見にくるんです。途中にアイスクリーム屋や綿菓子屋や今川焼き屋の屋台なんかが出ていて、一寸したお祭りですね。私は長男ですから、田舎では長男は特別なんです。

音楽時評家としての仕事

三月に結婚して、四月から桐朋学園の教師になりました。結婚前から、毎日新聞に書いたりしていましたから、一応批評家になっていたわけですが、間もなくかな、讀賣新聞に毎月時評を書くようになったんです。当時、海藤日出男さんという大記者がいて、その人

田舎の披露宴（昭和33年）

に頼まれたんです。新聞がちゃんと音楽時評の欄をつくったのはそれが初めてなんです。戦前にもなかった。

ちょうどその頃は、日本でも前衛音楽がはやり出した頃で、私はそれに反対したんです。

吉田秀和さんを所長にして「二十世紀音楽研究所」というのが出来て、柴田南雄とか入野義朗とか諸井誠とか、黛敏郎もいたかな。その人々が集まって軽井沢でデモンストレーションをやった。十二音主義や音列音楽の宣伝で、これからの音楽はそこから始まるといったんです。私はそれに反対した。音列音楽は歴史の始まりではなくて終わりだといったんです。でも、当時は彼らの勢いが強くて、私の言い分などは全然問題にされなかった。ジャーナリズムは新しいもの好きですからね。

私は保守反動だというわけです。でもいまになってみれば私の方が正しかったと認めてくれるのではないですかね。音列音楽はすぐ終わってしまって、今は演奏されることもないし、そのあとは全然反対の偶然性の音楽などということがいわれるようになった。ヨーロッパの終焉という言葉が流行ったりしました。歴史の終わりですね。もっとも、私はそれにも反対したけれど――。いまはそういう前衛はすっかり消えてしまった。

海藤さんは前衛を支持した人だったので、少し困ったかもしれない。それで讀賣は二年くらいで止めました。

後任は吉田秀和さんになりました。それで私は毎日新聞に戻って、そこでやはり時評を書くようになったんです。吉田さんも間もなく朝日に移りましたね。讀賣はそれで時評をやめてしまったんです。

結局毎日の時評は、二十年以上書いていましたかね。それと併せて、当時出来た「朝日ジャーナル」という週刊誌にも定期的に書いていました。これは匿名が多いけど署名原稿もかなりあります。はじめはそうでもなかったんですが、段々左翼機関誌みたいになって私は止めたんです。
時評家としては演奏会にもちゃんと行かなくてはならないし、随分忙しかったですね。

再びパリへ

昭和三十七年七月に、再びパリに行きました。この時は家族で行って一年間いました。昭和三十四年に長男・公一、五年に次男・明良が続いて生れ、両親は長男の跡継ぎが出来たと言って大喜びでしたが、その幼い子供を連れての渡仏でした。今度は、慶子のピアノの勉強のためでもあったんです。この時は無事に演奏家資格というのを取りました。コルトオはその直前に亡くなっていましたけど……。私も「新しいヨーロッパを見たい」という思いもありました。

パリは変わったと思いましたね。アメリカ流というか、その頃のグローバリズムの影響ですかね。以前に見られたフランス人の生活のフォームが大きく変わっていたんです。大体その前のパリにはスーパーマーケットなんて殆んどなかった。アメリカ人用に三軒あっただけなんです。それが今度行ってみたら街角という街角にスーパーがある。かつては、少し極端にいえば同じ肉でも牛肉は牛肉屋、豚肉は豚肉屋、鶏肉は鶏肉屋で吟味して買っていた主婦が、スーパーで何でも洗剤と一緒に買うようになったんですね。それはひとつの例だけれど、要するにフランスの文明に大きな変化がおきた。それが音楽に影響しないはずはないんです。

一番強く感じたのは、若い演奏家の演奏が変わってしまったということです。かつてのフランス風の演奏、パリ訛りですね、それが消えて、フランスでもドイツでも、みんな同じような演奏をするようになったと思いました。生活がグローバル化すると同時に、音楽もグローバル化した。それは——私には——有難いことじゃない。音楽が一人ひとりの内面の自由な表現ではなくて、みんなに共通する教養というか、一種の情報になったと感じました。原因はいろいろあるけれど、コンクールの隆盛がそのひとつの現れかもしれない。コンクールというのは、そういうグローバル化を前提にしないと成り立たないものでしょう。

戦後の変化と言えますが、私はそういう「戦後」に抵抗した。音楽の商業化も同じことです。

遠山音楽財団の設立

二度目のパリへ行く直前のことですが、音楽の世界にもいろいろお金が要ることがわかって来て、父に相談して財団をつくった。はじめは小さな形で図書室をつくって学生の勉強を手助けすることを考えたんです。それも、普通の本や楽譜は音楽学校などが持っているので、バッハ以前の文献や現代音楽の楽譜を買ったんです。それが段々増えて図書室が図書館になった。そしてそこへ、山田耕筰の残したものが寄附されて来たんです。山田さんが亡くなって未亡人が寄附してくださったんです。山田さんのものは生前にも何度か展覧会などがあって、よく整理されていたんです。七千点くらいありましたかね。その後もコレクションが増えて、いまでは一万点をこえています。

山田さんは大変な借金をされていたんです。それで八丈島にもっていらした土地をうちの会社で買って、その整理をした。その後土地の値段が上がって、会社は損をしなかったけど――。

ともかく、それを契機にして日本の作曲家の作品を集めることになったんです。作曲家が亡くなると、遺族の方が困って、うちに預けるという例が増えて来たんです。

それで、図書館も方向転換して、日本の明治以来の音楽文献を集めることを中心にして、ヨーロッパのものは全部慶應に寄附したんです。そして、少し後になるけれど遠山音楽財団を日本近代音楽財団に改組した。

本来はお国がやるべきことだと思いますが、誰かがやらなければと思ったんです。と同時に、それはいずれちゃんとした組織にあずけるべきだとも思っていました。それがずっと後になって、いま明治学院がやってくれることになりました。明治学院は私共の意図をよく理解してくれるという以上に、大変熱意をもって引受けてくれたのでうれしく思っています。

『名曲のたのしみ』を出したころ

『名曲のたのしみ』という本が、昭和四十二年に新潮社から刊行されました。これは、私のはじめての本です。四十歳すぎてというのは随分遅いですが、当時は音楽評論の本が出るというようなことは稀だった。「藝術新潮」に「かけがえのない百曲」という題で連載したもので、二回目の渡仏前後に書いたんですが、当時は「藝術新潮」も音楽のことをよく載せていた。好きな順序に自由に書いています。最初はモーツァルトで、次がショパンで次にバッハ……。ベートーヴェンはなし。別にベートーヴェンが嫌いなわけじゃないけど……。白井さんという編集長が自由に書かせてくれましたね。穏やかな、いい人でした。すごく信頼してくれましたね。

「ベネデッティ＝ミケランジェリ論」を書いたのは、昭和四十年の六月ですが、ミケランジェリには大変ショックを受けました。これは、大きな啓示でしたね。でも認めたわけではないんですよ。むしろ否定しているんです。ピアノの音というか、演奏における音というもののもつ意味が変わってしまったと思った。音というものは演奏家の声をあらわすものだったはずなのに、それが唯の「もの」になったというんですかね。あれはピアノの音ではないといった人もいるけど、ともかく、演奏というものが深いところで変わってしまったという気がしました。しかしその後の演奏はその線で進んでゆくんです。

世の中もさわがしい頃でしたね。ともかくジャーナリズムも左翼一辺倒という感じで、私なんかは生きにくかった。

ソ連によばれたのもその頃かな。作曲家同盟というのが呼んでくれたんだけれど、行ってみて、この国はダメだと思いましたね。ともかく誰も働こうとしない。九時頃迎えに行きますといってもそれが九時半になり、それからムダなおしゃべりをしていて十時になっても行動が始まらない。レストランはみんな行列なんですけど、入ってみると中はガラガラ。つまり、働きたくないのか、材料をあましてもって帰るのかわかりませんが、滅茶苦茶でしたね。ホテルでも果物なんかまったくないのに、当の作曲家同盟に行くとちゃんとある。そして、ものすごいご馳走が並ぶ。戦争中の日本の軍部みたいです。これはダメだと思ったけど、新聞にはそうは書けなかった。当時でもフランスのジャーナリズムにはソ連には言論の自由がないと批判していましたけど、日本の新聞は一切書かない。

ただ、音楽は大切にしていましたよ。チャイコフスキーとか音楽家に対する敬意はもちろんですが、若い作曲家の楽譜もきちんと保存したりしていて、羨ましいと思いました。日本には、偉い人のことしか情報が入って来ないけど、向こうへ行って、「若い人の音楽を聴かせてくれ」と言ったら喜んで聴かせてくれました。

マルケヴィッチに会ったのもその頃かな。彼が日本に来て、私は時評で絶讃した。フルトヴェングラーの後で本当に天才的といえるのは彼だと思いましたね。それを読んだのか、盛んに「カズゥー」とか言って、電話をかけてくるようになって仲よくなった。その後も子供をつれて彼の南仏の家に行ったりね。一緒にカトマンドゥで対談をしようとか、夢のようなことをいっていたけど。私共の結婚二十五周年の記念日に亡くなってしまった。七十歳だったかな。惜しい人でしたね。

「季刊藝術」以降の仕事

「季刊藝術」の刊行

「季刊藝術」の創刊は昭和四十二年の四月です。考えていたのはその数年前からですけど。私も音楽雑誌にいろいろ連載などをやっていましたが、本当に書きたいことはそこではむずかしいと思いました。要するに、音楽雑誌というのは、国際的な音楽家の紹介と情報・解説に尽きるといってもいいくらいなんです。そこにまとまった批評作品が載る余裕がないわけです。可能性がなかった。私は批評はやはり一つの文学作品として自立するものであって欲しいと思っていましたし、それに、文芸批評も美術批評も音楽批評も、批評として共通の場をもつべきだと思ったんです。新しい読者も欲しかったし。

それで、すでに知っていた江藤淳と高階秀爾と一緒に同人誌の形でやろうと思ったんです。

刊行が遅れたのは、編集者の問題だったんです。「編集者はどうしようか」と話しているうちに、二、三年経っちゃった。当時、「聲」の編集者の本庄桂輔さんに頼みに行ったんです。そうしたら、本庄さんは、「聲」の寄稿者はみんな贅沢だったから、「もう懲りました」といったんです。

行き詰まっちゃったんですね。適当な方が思いつかない。その頃かな、古山高麗雄さんを知ったのは。古山さんは当時ＰＬ教団の「芸術生活」という雑誌の編集者だったので私のところに原稿を頼みに見えておつき合いが始まったんです。それで、この人ならどうだろうと思って江藤さんに相談したんです。江藤さんは安岡章太郎さんから古山さんのことをきいていて、「いいんじゃないか」ということになった。

江藤さんとは、彼のお父様が父の会社の番頭さんだったんです。それでなくても彼はもう若手のバリバリで、私もその才能はよくわかっていた。高階さんとはパリ以来の知り合いで、二人とも私よりは十歳くらい若かったんですが、その人選には迷いはありませんでした。

古山さんもやりましょうといってくれたんですが、はじめは「芸術生活」と二足の草鞋でした。一年くらいして、これはいけそうだと思われたのでしょう。「季刊藝術」の専任になった。

「季刊藝術」ははじめから評判になり、創刊号は増刷になりました。

小説にしても、シンポジウム（「現代と芸術」）にしてもいま見ても大変な顔触れです。やはり、書きたいものを書きたいだけ書くというのは、普通の雑誌ではなかなかできない。発売は講談社に頼んだのですが、創刊号が出ると、係の役員の人から「これは何かに触れたみたいだ」という電話がありました。

編集会議というほどのものではなかったですが、大筋はみんなで相談して決め、それぞれの分野の原稿は三人がそれぞれ古山さんのところに持ち込んだんです。

私は、はじめからストラヴィンスキーについて書くつもりだったんです。それは一種の現代音楽批判のつもりだったけど、書いているうちに気持ちが変わったんです。ストラヴィンスキーの音楽は本質的にロシア人のものだと気がついたんです。

武満徹を戦後という言葉にむすびつけた論もほかにはないと思います。

「季刊藝術」ではいろいろな連載をしたけれど、やはり「ショパン」が書けたことが一番

「季刊藝術」創刊パーティ（昭和42年）
左から古山高麗雄、江藤淳、遠山一行、高階秀爾

大きなことでした。私の五十歳前後に五年もかけてゆっくり書いたんです。いまになってみればまだ若い時の文章という気もするけれど、若い時でなければ書けなかったものでしょう。

「季刊藝術」は五十号まで出してやめました。私が四十五歳から五十七歳まででですね。この間には父や弟（直道）が死んだり、いろいろなことがありました。桐朋学園も父の死後すぐに——昭和四十九年——辞めたんです。その後も草津の「夏期国際音楽アカデミー&フェスティヴァル」に関係したり、日本音楽コンクールの運営委員長になったり、東京文化会館の館長になったり、いろいろ忙しくやっていました。

『遠山一行著作集』の刊行のころ

著作集が新潮社から出たのは昭和六十一年ですが、その後も新潮社には大変お世話になりました。『河上徹太郎私論』を頼んでくださったのは坂本忠雄さんですが、その後いくつか連載をしました。講談社からも何冊かの本が出たし、その頃になると、私の執筆は殆んど文芸雑誌になって、音楽雑誌からは離れてしまった。もっともこれにはいろいろ事情があって、音楽雑誌が私から離れたというべきでしょう。

著作集が出たりしたのは私が六十をちょっと超えた頃ですが、その時に条件として書き下しをひとつ頼まれました。それで書いたのが二度目の「ストラヴィンスキー」ですが、この作品には私として愛着をもっています。さっきも言ったように、ロシア人、ロシアの音楽家としてのストラヴィンスキーという視点で書いたものですが、その一番大切な点は彼の「音」というものだった。ロシア人としての音を彼が確立して行く過程に焦点をしぼったんです。

もっとも、私の「ショパン」でも中心は音の問題でした。ショパンの音は、例えばシューマンの場合のように彼の内部の声というのとはちがう。むしろ作曲家の外部にある他者としての音だといったんです。彼がピアノという楽器にこだわったのはむしろそのためだと――。

こういう視点は、考えてみれば私の批評の基本ともいうべきかもしれません。作家とその素材との間にある他者性の問題ですね。これは後で書くマチス論でも同じことで、彼にとって色というのは、そういう他者性を強くもっていると思います。そういえば『河上徹太郎私論』でも、河上さんの書いたことの内容よりも、著者にとっての「ことば」の発見の問題に焦点がある。私は大方の音楽論でも、音という素材の問題があまり論じられないことに疑問をもっています。演奏家論でも同じですね。「ベネデッティ＝ミケランジェリ」でも問題は音でして、これは後で気がついたことですが、私の批評の一番大きな特徴でしょう。

審査員の仕事

この頃から盛んに国際コンクールの審査をしています。全部頼まれ仕事ですが、パリの「ロン＝ティボー」コンクールの審査は二度やりました。東京では三度、これは審査委員長だった。あとリスボンやシドニー、最後はロンドンで、その頃には国際コンクールというものにも疑問を深めて、あとは全部断ったんです。その他に室内楽の国際コンクールの審査も東京やフランスのエヴィアンでやりました。私も半分コンクール屋になって、それでコンクールの欠点や弊害もはっきり見えて来たんです。

前にもいったように、芥川賞の場合は審査員もそう多くないし、議論をして決まるわけですね。音楽ではただ点数をつけて機械的に決める。そのちがいは大きいと思います。国際コンクールでもそうですが、多少の議論はあるけれど、やはり点数制ですからね。それに、どこに行っても同じようなコンクール屋みたいな審査員が多くて嫌になったんです。演奏の方もグローバルな教養になってしまうと、みんな腕達者みたいな画一的なものになるしね。そうでない演奏があってもなかなか通らない。個性というものが薄れていっちゃった。昔の演奏家なら、音を聞いただけで、アッこれは誰の音か解ったのだけど、いまはもうだめですね。

草津夏期国際音楽アカデミー&フェスティヴァルのこと

草津は、特にコンクールを意識したわけではないけれど、ただ上手な人だけを集めようというような気持ちはなかったですね。上手下手という価値観よりは、すべての人が一人ひとりとしてもっている音楽を大切にしようという気持ちですかね。私は毎年、アカデミーの開校式で同じことをいうんです。みんなが自分にとって音楽とは何かということを改めて考え直す場にしたいということです。その気持ちは先生にも生徒にも通じているようですよ。

それと、私が草津をやってよかったと思うことは、あそこに本当に良い聴衆が出来たということなんです。我々は大した宣伝はしないし、大きなスポンサーももっていない。お客様は、自然に、そして自発的に増えて来たんです。私は、音楽は大きな眼で見たら聴衆がつくるものだと思っています。その点、つまり聴衆のあり方にはしばしば疑問をもちます。

もう年齢《とし》ですからね、今年で三十年をくぎりに音楽監督を辞めることにしました。

日本キリスト教芸術センターのこと

これは、昭和五十六年に始まったんですかね。遠藤周作さんの周辺の方が集まって出来たグループです。私が会長になって、遠藤さんは一つ年下だから副会長になった。カトリックの人が多かったのは当然ですが、阪田寛夫さんとか森禮子さんとかプロテスタントの作家もいて、エキュメニカルな自由な会でした。別名「月曜の会」といって、はじめのうちは毎週月曜に集まっていたけど、そのうち月に二回になった。毎回外から講師を呼んで、話をきいたあと雑談するんです。

「センター」をやってよかったのは、友人が沢山出来たことですね。カトリックでは三浦朱門さんとか木崎さと子さんや加賀乙彦さんとか。講師として来て、会が気に入って仲間になったのがノーベル賞の小柴昌俊さんです。いまでも大変親しくしています。小柴さんは草津も気に入って、毎年二週間ずっといてくれるんです。そのほか沢山の友人が出来た。「センター」は二十年くらいやって止めましたけど、その後もおつき合いが続いています。

最近の仕事

六十歳代や七十歳代も、執筆の方は私なりのペースで、文芸雑誌を中心にゆっくりやっていましたけど、楽壇的な仕事がいろいろありました。コンクールもそうですが、東京文化会館の館長とか、一時的には新国立劇場——当時は第二国立劇場といっていた——の問題にかなり深くかかわりました。私は毎日新聞の時評で国立オペラ劇場をつくるべきだと何遍も書いたりして、その建設の応援団長みたいな立場に祭り上げられたんです。それで結局は出来上った劇場の運営財団の副理事長になった。あの時は劇場の大きさが問題になって、随分論争をしました。外国のオペラの呼び屋さんなどを中心に、もっと大きなものにしろという議論が一方でかなり強くあったんです。しかし楽壇の有識者の方々は余り大きすぎない方がいいという意見が有力で、私もその側に立ったんです。大きすぎる劇場では、どうしても演奏などが大味になる。新国立劇場は本質的に日本のオペラを育てる場所であるべきで、国際的なオペラのデモンストレーションにしてはダメだといったんです。結局その良識が通ったのは幸いでした。

後、私の七十歳代には桐朋学園の内部のゴタゴタがあって、その収拾のために学長を頼まれたんです。桐朋は大切な学校だし、私も長い間お世話になったので、引き受けたんですが、これにはかなり苦労しました。教授会が割れていたし、理事会もむずかしいことをいうので困ったけれど、幸いに一年強やって問題が解決に向ったんで辞めさせてもらったんです。短い期間でしたが苦労しました。

でも七十歳代で一番嬉しかったのはマチス論が書けたことですね。これも「新潮」に連載したのですが、私の文体が七十歳になってやっと安定したという気持ちをもっています。

『河上徹太郎私論』にしろ『マチスについての手紙』にしろ、音楽を離れた仕事ですが、そういうことに私は余りこだわりはなかった。河上さんは美術のことは書かれなかったけれど、音楽のことは随分書かれたし、小林さんには美術論も沢山ある。私はこういうことは批評家にとって自然な、あるいは必然的といってもいいことだと思っています。批評は専門家の立場で書くというより、あくまで音楽でいえば聴衆の立場で書くものです。それに、私は最近は美術が音楽と同じように好きになってしまった。以前にも少し短いピカソ論を書いたことがありますが、美術について書くのは楽しいですね。音楽論ではどうしても専門用語をつかわなければならないけれど、美術の場合は、たとえば青とか赤とかいえばドミナント和音なんていうよりはるかに用語としての日常性というか親しみ易さがある。音楽批評はそういう点ではむずかしいですね。マチス論はとても楽しく書きました。

その後、八十歳代に入ると、はっきりいって、そこで自分の限界を感じました。そろそろ筆をおく時期だと思ったのですね。書けないというのは寂しいことだけれど、気に入らないものを書くのはもっと寂しい。そう思って、これ以後は余り仕事らしい仕事はしていません。これからはわかりませんが、私もそろそろ米寿の年ですからね。

師のこと・友のこと

小林秀雄・河上徹太郎

仕事の上での影響といえば、やはり小林、河上のお二人ということになりますね。小林さんには、書かれたものには影響を受けたけれども、それほどしばしばお会いしたわけではない。その点、河上さんとはかなり親しくしていただいた。

若いうちは小林さんの影響は大きなものがあったというべきですけれど、段々そこからはなれていったことも事実です。

一口でいうのは難しいけれど、ひとつには、小林さんがあくまで天才を追求したといえるとすれば、そこに違和感を感じはじめたのは事実です。私の気持ちは、むしろ一人ひとりの人間の持っている真実を大切にしたいという風になってきた。うまくいえませんけれど——。

河上さんには人間の生き方というか、その人柄に魅かれました。こういう人がいるという事実が大きな意味をもってきたんです。もっとも批評というものに対する考え方も、私は河上さんにより近いかもしれません。小林さんは、批評家とは河上のことをいうんだと仰言ったようですが、それは私にも通じるかも知れません。才能は別ですが。河上さんには「素人批評の論理学」という文章がありますが、私も批評はあくまでも素人の立場で書くものだという気持ちがあります。小林さんも音楽や美術のことを素人として書いたという点では同じですけれど、そういうことは仰言らない。むしろ、相撲の解説が本当の批評だというようなことを仰言る。私はそういうところに違和感をもちました。

河上さんは雄弁の人ではないけれど、もっと人間的なもので影響を受けたと思いますね。河上さんで感心したのは、お若いときの文章ですが、チェルカスキーというピアニストについて、若いのに老成している、何でもわかって出来るというのはこわいことだと、つまりはつまらないと仰言っている。そして、将来日本もそうなるだろうといっておられるんです。これは正しく炯眼ですね。いまの演奏のもつ問題を早くから見通しておられたと思います。

河上さんは僕には文士づき合いはさせなかったな。これは有難かったですね。河上さん

左から石川淳、遠山一行、河上徹太郎（昭和50年頃）

は文壇では珍しい紳士だった。イギリスのジェントルマンに近いかな。

一面デカダンなところもあったけれど、やはり侍という感じがしましたね。それがなかったら晩年の硬文学のようなものは出てこなかったでしょうね。

河上さんは自分のことばをもつのがおそかった人だけど、いわゆる硬文学とのつき合いのなかで本当にそれを発見した。

遠藤周作

僕が一番近くつき合った文士は遠藤周作だけど、彼もいわゆる文士づき合いには私を近づけなかった。遠藤という人には僕はとても感心している。一口にいってあんなに真面目な人はいないと思いましたね。

本質的な意味で、あんなに生きることに真面目だった人は珍しいと思いますね。遊んでも真剣、狐狸庵になる時も真剣、本当はよく勉強もしたし。もう少しいい加減に生きられたら長生きしたかもしれないけど。彼にくらべたら私なんかずっと呑気に生きていて長生きしちゃった。

彼は、私のことを、尊敬というのとは違うかもしれないけど、兄貴にしたいと思ったのかな。彼は本質的に次男坊気質なんです。私は長男だから――。

私には変ないたずら電話なんか一度もしなかったな。

音楽についての話は余りしなかったけど、音楽は随分好きだったと思います。親しくなったのも、彼がハウスコンサートをやるので私に手伝えといったのがきっかけです。それまでは特に親しくはなかった。

エピソードといえば、彼はバッハをカトリックだと思っていた。そうじゃない、ちゃきちゃきのプロテスタントだといったらびっくり仰天していた。

ともかく彼のお蔭で、私の友人関係も随分豊かになりました。

右端・遠藤周作（昭和62年頃）

ジャン・エルリー

外国人の友達は、そう沢山いるわけじゃないけど、ある意味ではよい友人がいました。大体同じくらいの年齢の友人がいて、かなり親しくしたけど、いまはみんな死んでしまいました。

そのひとり、フランス人の外交官だった男で、これは私よりちょっと年上だけど、日本に文化参事官として来ていてとても親しくなった。ジャン・エルリーという名前ですが、フランス人としてはざっくばらんな人で、私の家に来てはソファで横になっちゃうような男でした。親しくなってからは、その後もアルジェリアやモナコやイスラエルなどに大使として行って、その都度私を呼んでくれた。最後はモナコの大使としてボンに行きました。音楽も好きでしたね。

彼の息子もやはり外交官で、同じ文化参事官で日本に来たのでつき合いましたが、日本で生れた男の子に私の名前を――プロテスタントだから――ミドルネームとしてつけちゃった。エマヌエル・カズユキ・シェールというんです。私は代父になったんですね。その子はいまはタイにいるけど、日本に来ると家に泊って行きます。

トニー・ヘーグナー

もう一人は、トニー・ヘーグナー。これは一寸年下だけど、スイス人で、お父さんと私の父が知り合いだった。若い頃日本にジャーナリストとして来ていて知り合ったけど、父親はオメガの社長で名門だし、その後は外交官になってアメリカ大使までやった人です。やっぱりざっくばらんな男で、音楽が好きだった。日本で演奏会を聴いて、日本人は何かに合わせて音楽をやっていると、鋭い批評をしていたのを覚えています。スイスで足をケガした時も随分親身に世話してくれたし、日本に来る度に必ず連絡してきてつき合いました。

イゴール・マルケヴィッチと（昭和55年頃）

ピエール・プチ

もう一人ピエール・プチ。これは同じ年で、職業も音楽批評家だけど、もともとは作曲家でコンセルヴァトアールとパリ大学を同時に卒業しちゃうような秀才でしたね。フィガロ紙の批評家になって、晩年はエコール・ノルマル音楽院の校長になった。これは同業者だから、むしろかえって少し距離をおいたつき合いだったけれど、それでもパリでは一緒に食事をしたり、彼を日本に招んだりしました。

イゴール・マルケヴィッチ

もう一人は前にもお話したけど、指揮者のイゴール・マルケヴィッチ。彼は私より十歳くらい年上で、しかも文字通りの大家なのに、私を友達扱いしてくれた。

彼を聴いたのは日本ではじめてでしたけど、大変感心して、新聞の時評に取り上げたんです。激賞といってもいい文章だったかな。それを誰かが話したんでしょう。それから毎日のように電話をかけてくるようになった。相手は旅行中で暇でも、私は当時は忙しかったんで困りましたが、ともかく親しくなった。まだ小さかった子供たちを音楽会に招んでくれたり、あとでは南仏の彼の家に泊ったりしました。

彼の生れはロシアだけど、赤ん坊の時に革命で国を出てスイスに行き、戦争中はイタリアにいた。戦後はフランスだけど、国籍なんてものに全然興味がなかった。文字通り天才的な人物で教養も広かったですね。私はフルトヴェングラー以後の最高の才能と思っているけれど、日本ではそれ程問題にならなかった。もっとも外国でもすぐオーケストラと喧嘩をして、どこでも長つづきしなかった人だけど。

確かに人とは変わったむずかしいところがあったけれど、私共に対しては不愉快なことは何もなかったですね。一緒に美術館に行ったり、随分親しくしました。私のことを気に入ったんでしょう。

彼も七十一歳で死んじゃったけど、その直前に日本に来て、それからロシアに行って演奏をして、南仏に帰ってすぐ死んだんだ。死ぬ直前に書いた手紙が死んでから私共のところに来たんです。それも私共の銀婚式の日だった。

正直につき合えた人でしたね。日本人とは違う、本当の友人になると心をゆるしてくれるんです。

それが外人というものの特徴ですかね。ヨーロッパ人はいろんな友人論を書いていますが、それが吉田健一さんなんかに似ているものがあるかもしれませんね。私も外人に本当の友達が出来た。

吉田さんとはそんなに親しくおつき合いはしなかったけれど、二人に共通するのは河上さんの存在が大きいかもしれない。一途に自分の信じる道を進んで来たということでしょうか。

最後になりますが、音楽とともに生きてきて、何か感慨のようなものがあるかと問われれば、私には必ずしもそういう気持ちはないんです。音楽はもちろんいまも大切だけれど、ある意味では若い時のものかなという気持ちもある。私がやってきたことは結局は文学だし、それにいまは美術と音楽とどっちが好きかよくわからないようになっちゃった。

最近の音楽、特に演奏が気に入らないということもあるけど……。
音楽に感謝、なんて言わないです。

II

未刊エッセイ

私の軽井沢

私の軽井沢は七十年前に遡る。

当時はまだ小学生だった。夏は鎌倉に行って泳いだりしていたが、体をこわして海より山がいいというので、夏休みは軽井沢で過すようになったのである。

その頃の軽井沢はまだ本当に静かだった。私共はいまでいう南原に貸別荘を借りていたが、周囲にはほとんど家がなくて、一面の草野原であった。月見草などの草花が咲き乱れ、そして、その上を霧が流れていた。鳥の声も、いまよりもずっと沢山聞えていた。旧道のいわゆる「街」も、人通りは少なく落着いていた。中軽井沢はまだ沓掛であり、別荘なども殆んどなく、グリーンホテルだけがぽつんと孤立して見えていた。

軽井沢に行っていたのは小学校高学年の数年間だけだった。その後父親が山中湖に別荘を造ったので、中学から大学までは夏はそこで過した。そして戦後は父は軽井沢に家を買い、私は大学の教師になっていたので夏休みはその家で過した。

山中湖にも、そして変貌した戦後の軽井沢にもそれぞれ思い出はあるが、私の夏はいまでも七十年前の記憶に強くむすびついている。感受性の強い子供の頃の経験だからかもしれないが、夏になるとあの幾分寂しげな南原の貸別荘と、それをとりまく草原の姿が眼に浮ぶ。それは何か不思議に静かだが、充実した生の感覚である。その後の七十年間の出来事はその前で消えてゆくようである。

三十年前に父が死んで、軽井沢の家も売り、最近は山梨県の小淵沢に家をもったが、忙しいせいもあり、しかも八月の後半は群馬県の草津で行われている夏期国際音楽フェスティヴァルの責任者としてそこに居なければならないので小淵沢には余りゆっくりとは居られない。軽井沢にも極くたまに出掛けるだけになってしまった。

しかし、草津に居ると軽井沢を身近かに感じることもある。フェスティヴァルには軽井沢から来るお客様が多い。自動車で一時間そこその距離である。最近はこの二つの観光地を直接に結びつけようという計画もある。

高原文庫には一度出掛けたきりだが、最近私の関係していた「キリスト教芸術センター」が解散することになり、そこの蔵書が文庫に寄附された。

軽井沢はまた私に近いところになったようである。

（「軽井沢高原文庫通信」平成十四年七月十二日）

音楽深邃――音楽その合理性と幽邃なるもの

音楽深邃というのは与えられたままの題である。音楽は深邃なものであり得るか。そうでなくてはならないか、と問われた場合、人は幾分ためらうにちがいない。特に、私のように西洋音楽にたずさわっている人間にとって、この問いには多少答えにくい。

もちろん、深邃という言葉にふさわしい音楽――西洋音楽――はあるだろう。バッハのある種の音楽、あるいはモーツァルトの若干の作品にそれを使うのをためらう気持ちはない。そこには、手のとどき難い深さをもった美があるだろう。

しかし、西洋音楽を全体として見た場合、深邃という表現が果して適当かどうか。これは疑問にも思える。そこには精妙な美、あるいはロマンティックな表現がいたるところにあるが、深邃という言葉はそれとはちがったものを表しているかもしれない。たとえば、ある種の民俗的宗教音楽――仏教の音楽もそこに加えてもいい――にはそういっていいものがあるだろう。

西洋の音楽は、それに較べるとはるかに明快な表現を志した知的な構築を目指している。いわゆる西洋クラッシック音楽のもつ和声の構造、リズムの秩序を考えてみればそれは明らかだろう。それはほとんど西洋近代の建築物の物理学的で幾何学的な秩序に似ているのである。それが、たとえば、仏教の声明《しょうみょう》などとどれだけ違っているのかはいうまでもない。音楽をはなれていえば、ヴェルサイユの庭園と京都龍安寺石庭に較べられる。どちらが「深邃」にちかいかは明らかだろう。

こういう風にいうと、「深邃」という言葉をせまい美的範疇におし込めてしまっているといわれるかもしれない。その通りだが、あえてそうするのは、私の胸のなかに能のことがあるからである。それに、必ずしもこの雑誌が能の関係の雑誌だからというわけでもない。深邃といった場合に能を思い浮かべるのは極めて自然なことにちがいないだろう。

少し前に、別の能の雑誌に「音楽として」という文章を書いた。能は、もちろん、演劇、舞踊、音楽などを含んだ複合芸術だが、それをひとつの音楽として見た場合、凡そこれ程純粋な音楽はないだろうといったのである。

私は能については僅かの知識や経験しかもち合せないが、しかし能を見るのは好きである。しかも、そういう時でも特に能の音楽を聞いて楽しんでいることが多い。

たとえば、能の謡の発声は西洋音楽のそれとは一見してかなり違っているようだが、実は共通している部分も多いと思っている。少なくとも、声をひとつの「もの」として完成させようとする態度はオペラ歌手の場合とちがわない。それに較べると、いわゆる新劇の俳優たちの発声は多くの場合、中途半端なものに感じられるのは否定できない。

しかし、私が能の音楽で一番深く魅かれるのは、そのなかの楽器の演奏である。つづみが打ち鳴らされる。笛が鳴りひびく。それは、西洋音楽の算術的なリズムや音程とはちがって、極めて自由で即興的な時間と空間の感覚に満ちている。しかもそれでいて厳密な秩序が支配する世界である。

私はそれを純粋な音楽といった。西洋音楽のリズムも音程も、あえていえば建築のもつような数学的・物理学的な合理性をもつものである。建築のことを氷った音楽といい、反対に音楽のことを溶けた建築というのは、その二つの芸術の親近性を説明しているのである。

同時にまたその音楽は時に文学と手をにぎることがある。ロマン派の音楽はそういうものだろう。

私が能の音楽を純粋というのは、それが正しく、音楽だけの世界だからである。音楽は本質的に時間の芸術だが、その時間がこれだけ純粋に、しかも厳格に生きている世界は他にはない。くりかえすようだが西洋古典音楽は、音楽ではあっても、はるかに空間的で建築的な性格を持ち、時には文学的な性格を持っているのである。

私は西洋古典音楽を自分で選んだのだから、当然そういう音楽を積極的に評価したい気持ちを持っている。そして、それは多くの人に親しまれ易い性格をもっているのである。しかし、それと同時に、先程から書いているような能の音楽の、音楽としての純粋さに深く魅かれることも否定できない。

のみならず、西洋クラシック音楽も、それが実際に演奏される時には、同じような時間芸術としての自由さと、そして純粋さを求めているのである。西洋音楽の面白さは、作曲と演奏という、ある意味で非常にちがった面をもつ行為の間の関わり合いで生れるといってもいいだろう。

能の音楽にも作曲という操作が必要なことは当然だが、しかし、その音楽はほとんど無限に演奏の即興性の方に向かっているといえるだろう。そして、「音楽する」ということばは何よりも演奏のことをさすのである。ドイツ語でムジツィーレンというのは演奏のことである。私も、音楽の固有の価値、音楽だけにゆるされているものは演奏のなかにあるといいたい気持ちをもっている。

私が能の音楽に魅かれ、それをうらやましくさえ感じるのは、そこに演奏の純粋さが表現されているからである。そして、それを私は純粋な音楽といったのである。

表題の「深邃」から多少はずれてしまったようだが、私はその「純粋さ」を「深邃」と同じところで使いたい気持ちをもっている。「深邃」の定義はむずかしいが、それは、「口にし難いもの」「説明を超えたもの」の意味だろう。

西洋音楽を特徴づける作曲という行為、そのあらわれとしての楽譜は、時には分析され説明される。そういうことがかなりの程度可能な世界なのである。

それに対して、演奏というのは説明や分析のむずかしい、本質的には不可能な世界である。

能の音楽は、そういう不可能性を純粋に代表するものといっていい。そのリズム、その音色を説明することはできない。ただ、それがどれだけ深く美しいかを一人ひとりが心で感じとることができるだけである。

以上、多少理屈ぽい話になったが、音楽深邃という題を与えられて考えるままを書いた。

音楽深邃という言葉は依然としてわかり難いが、しかし能あるいは能の音楽にこの言葉をつかうことは、比較的自然にうけとっていただけるはずだと思っている。

（「紫明」平成十四年十月）

イップスのこと

少し前、本誌臨時増刊のゴルフ特集号に「だめゴルフ」という文章を書いた。

要するに、最近はゴルフがすっかりだめになったという話である。昔はまあそれなりの成績をあげていた——ハンディは十三まで行った——のに、六十歳をすぎる頃から急におかしくなり、時にはハーフ六十を打つようになった。一種の器用貧乏で、若い頃にちゃんとした勉強をしなかったせいだろうと書いた。

その「だめゴルフ」がいまでも続いている。というより、一層ひどくなったのである。その原因はイップス病である。イップスという言葉は知っていたが、自分にそれがおこるとは思っていなかった。そして、そうなって見ると、それは文字通り厄介なものだとわかった。

私の場合は、バックスウィングがちゃんと出来ないのである。練習振りの時にはどうということはないのに、本番になると途中で止ってしまう。ドライバーでもなんでも、いわゆるハーフスウィングどころか四分の一スウィングくらいしか振れないのだから情けないことはなはだしい。極端な手打ちだから距離は出ないし、打ちそこないも多い。

私は以前はオーヴァスウィング気味の打ち方で、距離もそこそこ出ていた。いまは半分とまではいわないが、六割くらいしか飛ばないのである。

昔はボギープレイがどのくらい減らせるかというゴルフだった。時にはハーフ三十台というのも出た。それが「だめゴルフ」になってからはボギープラスアルファということになり、更にダブルボギーが標準というところまでなり下った。

そしてイップスが始まってからはトリプルボギーがいくつ減らせるかという話になってしまったのである。これではとてもゴルフというようなものではない。

やっていても面白くないし、正直いってパートナーだって愉快ではないだろうと思う。ゴルフをやめようかとも思ったが、いろいろとそれまでのつき合いもあり、健康のためという理屈もあって、時々はやっていた。お仲間だった古山高麗雄さんも快くつき合ってくれた。

イップスは心理的なものだという人もいるが、私はそれほど結果にこだわるたちではない。心理的というよりは何か神経的なものという気がする。

そのイップスが、このところ幾分治り気味である。多少深いバックスウィングがとれるようになった。まだ急にだめになることもあるから安心はできないが、成績もやや向上中である。

いまはダブルボギーをパーと考えることにしている。それがどれだけ減らせるか。八十歳のゴルフとしてはこの辺りをとりあえずの目標として楽しめればと思っている。

（「文藝春秋」平成十五年一月号）

音楽における雨

音楽は何物も表現しない、といったのはストラヴィンスキーである。

この言葉は少し強すぎるかもしれないが、音楽が何かの事物をはっきりと具体的にあらわす能力がないことも明らかである。その点で、文学や絵画とはまったくちがうのである。

「音楽における雨」という題を与えられて困惑した。雨を表現した音楽があるだろうか。人がすぐ思い出すのはショパンの《雨だれ》らしいが、この題は後で他人がつけたものである。ショパンとは関係がない。大体、この曲がいつ、そしてどこでつくられたかもよくわからないのである。

そのほかにも、雨に関係があると思われている曲はある。例えばブラームスには有名な《雨の歌》という曲がある。ヴァイオリンとピアノのためのソナタだが、この曲がそう呼ばれるのは第三楽章にブラームス自身の《雨の歌》という歌曲のメロディがつかわれているためである。

歌曲――特に大衆的な歌曲――には雨をあつかったものが、少なくないだろうが、これは歌曲が歌詞という文学と結びついているからである。音楽だけで雨とむすびつく曲は少ない。

そのひとつにドビュッシーの《雨の庭》というピアノ曲がある。ドビュッシーは印象派と呼ばれ、曲に文学的な題をつけることが多かったが、その題も曲が出来上ってからつけたものが多い。それに、この曲も、実はフランスの民謡――言葉を伴った――から発想されたものである。題を知らずに聴いて雨を連想する人がどれだけあるだろうか。

似たような例として武満徹の《雨の樹》という曲がある。打楽器のための音楽で、この方が雨を連想し易いかもしれない。

（「一枚の繪」平成十五年七月号）

追悼　寺西春雄

寺西春雄さんが亡くなった。

最近は同年輩の友人が去っていくのを経験することが多くなったが、寺西さんの死に私はことさら悲しい想いをもつのである。

寺西さんとのおつき合いは六十年になる。

最初に会ったのは、戦時中、大先輩の野村光一氏の御宅であった。当時、野村さんは時折鎌倉の自宅でハウスコンサートを開いておられたが、その時は安川加寿子さんを演奏家として迎えての会だった。親しい友人の中に同じ鎌倉在住の三宅春恵さんの顔があったのを覚えている。

寺西さんはやはり鎌倉に住んでいたのではなかったかと思うが、すでに音楽家の仲間とはおつき合いがあった様子で、親しく話しをしていた。私はまったくの新参で小さくなって聴いていた。

その後、寺西さんとお付き合いするようになったのは戦後間もない頃で、二人とも批評のようなものを書き出したのである。

当時の寺西さんは大変積極的な行動人に見えた。戦後に楽壇に現れた若い音楽家たちを集めて会を開くのを先導したのも彼だった。

「若い音楽家の会」といっていたと思うが、まだ二十代のはじめの頃の新進の音楽家たちが毎月集まって、話し合う会である。メンバーは二十人ほどだったと思うが、そのなかに、あとで寺西夫人になった伊東昭子さんもいた。若くして亡くなったフルートの林リリ子さんもいた。そして、批評家として寺西さんと私が加わったのである。

それとほとんど時を同じくして、これもまた寺西さんの発想で、四人の音楽家が集まって「音楽美学研究会」というものを結成した。田中吉備彦さん（最高裁判所第二代長官になった田中耕太郎さんの弟）、ピアニストで批評も書いていた筧潤二さん、そして寺西・遠山の四人のグループだった。この会は、必ずしもアカデミックな研究会ではなく、「ベートーヴェン全曲演奏会」などという催しを主催して、実践的な活動をした。

その後、筧さんと東大医学部の同僚である加藤周一氏との縁で、加藤氏が加わる「方舟」

という文学者のグループと一緒にやはり月一度集まって演奏を聴いたり、話をしたりする一種のサロンをはじめた。中村眞一郎さんも仲間だった。

お互いに二十代の若い日の思い出である。寺西さんはそうした中で、いつでも活動的な存在だった。

その後は、私がヨーロッパに行って数年間留守にしたりしたが、帰国後はまた桐朋学園の音楽科で寺西さんの同僚になった。桐朋では寺西さんは、主として高校の仕事をしておられたが、私が理事として音楽科の責任を持つようになってからは、蔭でいろいろと助けてもらった。その時の寺西さんは、実に沈着な実践家でもあった。「世事」にうとい私には大変有難い存在だった。

中年以後の寺西さんは、どちらかといえば地味な仕事ぶりだったが、しかし若い頃の彼を知っている私には、寺西さんはブリリアントな頭脳をもち、そこに裏付けられた判断力をもつ批評家として印象づけられている。

そうした寺西さんが、晩年、いくつかの、主として、東欧圏の作曲家のための協会の会長となり、また「ミュージック・ペンクラブ・ジャパン」や「音楽三田会」の会長としても重きをなしたのも、彼の人物と能力にふさわしいことであったと思う。

私は寺西さんの実生活にたち入った経験はないが、夫人の昭子さんとの若き日のロマンスを知っていると、その日常の落ち着いた幸福な日々を想像することが出来る。晩年の寺西さんは、それをおのずから感じさせる紳士であった。

過日、私の八十歳を祝う会があった時、文字通りの友人として、寺西さんはスピーチをして下さった。温かいスピーチだった。

それから間もなくして、寺西さんは亡くなったが、私のために無理をして出て下さったのではないかと案ずる気持ちもある。

私も年をとって、正直にいえば、最近の音楽界には満たされぬ気持ちも強い。そんな時に、寺西さんと話をしてみたいという思いも強いが、それも今は果たせないことになった。

寺西さん、どうぞ静かにお眠り下さい。

（「モーストリー・クラシック」平成十五年九月号）

八十歳の幸福

八十歳をこえてそろそろ二年になる。私の嫌いな老人という言葉も甘受しなければならない年齢《とし》である。

八十歳になって感じるのは、生活がひどく簡略化されたということである。いろいろあった役職もやめたし、音楽会通いもなまけている。

毎日することといえば、朝食後に一時間ばかりピアノを弾く。モーツァルトが主なレパートリーである。上手に弾けるわけではないから、純粋に自分の楽しみであり、幾分かはボケ防止という算段もある。原稿かきや勉強は、むしろ気の向いた時にというほどで、おおむね平凡な時間を過している。

そういうなかで、時たま気に入った経験をすると、若い時とはちがった悦びや満足を感じるようである。そんな経験をかいてエッセーの中身としたい。

家内と二人で、山梨県小淵沢の山の家の様子を見にいった途中で、テレビなどで有名になった清春の蕎麦屋に立寄ったら休みだった。近くに何かないかとさがしていたら、白樺美術館のそばに風情のある店があったので入ってみた。昼時を大分過ぎていたが、三十分待って下されば蕎麦を打ちますよというので、美術館で時間をつぶして戻った。

この店は、必ずしも蕎麦屋ではなく、蕎麦も出すが、一応コースの形の日本食を食べさせるのである。

料理が出されて見ると、予想をはるかに超えた本格的なもので、しかも文句なしに美味しかった。蕎麦に関していえば、私は大の蕎麦好きなので、東京の有名な蕎麦屋は大抵知っているが、こんなにおいしい蕎麦は食べたことがないといって少しもいいすぎではない。メインディッシュは猪の肉の石焼きで、そのほかにもその時々の材料をつかっての料理がみんな美事だった。

食べ物のおいしさを文章にするのは、音楽の場合と同じように無理なので、これ以上はいわないが、私達が行った時に入れちがいに店から出て着た青年達がメッチャうまかったといっていたのはもっともだと思った。

料理が美味しかっただけではない。料理のひとつひとつに神経がゆきとどいているのと同じように、お皿などもみんな美事で、更に部屋のたたずまいが、唯の料理屋の趣きとはちがい、もっと持ち主の人間的ないきづかいや日常性が感じられて、ただ坐っているだけで快いのである。

しかしそれも実は当然のことで、この家はもともと随筆家としても知られた岩波書店の小林勇氏の住いを鎌倉から移したのだそうである。二百年前の建物を小林氏が求めて住いにしたと、お店の人が話してくれた。

私は頼んで家の全体を見せてもらったが、こういう幸福な気分は久しぶりである。

その時の様子からも、あえて店の名前は書かないが、白樺美術館の隣りだからすぐわかるはずである。

もうひとつは音楽のこと。

最近は、音楽会に行っても気に入らずに帰ることが多い。それはたびたび書いているが、音楽の商品化の勢いのなかで、腕前を見せびらかすような演奏が氾濫しているのである。

しかし本物の演奏家はどこかに居るはずだという思いはもっており、その気持ちを満してくれる演奏に出会ったのである。

塩川悠子という名前は、御存知の方は少ないかもしれないが、いまフィレンツェに住んでいるヴァイオリニストで、かつては日本でも時々演奏し、カラヤンにも認められて共演したキャリアの持ち主である。最近はヨーロッパで比較的地味な仕事をしているが、彼女もまた現在の音楽の世界から距離をもって生きているといえるだろう。

私は塩川さんの演奏を三十年ほど前にはじめて聴いて大変感心し批評を書き、そして親しくなった。彼女は今回は私的に帰国し、私はその演奏を何度か聴いたが、特にバッハの有名なシャコンヌつきの無伴奏組曲第二番が素晴らしかった。その知的で、しかも豊かな情感にあふれた演奏は、いまではほとんど聴くことのできない世界である。私は何の気負いもなしに云うが、いま、これだけのバッハを弾けるヴァイオリニストはどこにもいないだろう。

バッハの演奏は、ひとつひとつの音がいつでもしっかりとした意味をもっていなければならないが、それは、ただ技術的な正確さだけのことをいうのではない。弾き手の人柄と倫理が要求する声である。そこにおのずから現れる情感は、巧まれた表現のもつ浅い声とは別の世界のものである。

すべての芸術に成熟がこばまれている時代に、塩川さんが三十年前の誠実な心を保ちながら、年齢にふさわしい音楽をきかせてくれたことに、感動とともに大きな喜びをもった。

音楽に関わることに何か虚しさを感じるこの頃だが、本当の音楽家が、しかも自分の近くにいるというのは何より嬉しいことである。

（「新潮」平成十六年六月号）

信じ難い園田さんの急逝

園田高弘さんの突然の死に驚いている。事情はまったくわからないが。園田さんとのおつき合いは長いが、最近はそれほどしばしばお会いしていたわけではない。数年前、御一緒に文化功労者というものになった時、宮中でゆっくりお話したのが最後である。その時は園田さんは大変元気だった。それだけに今回の急逝は信じ難い。

園田さんをはじめて聴いた時のことはよく覚えている。彼が東京音楽学校——いまの藝大——を出た時の卒業演奏会だった。戦後すぐだから、もうそろそろ六十年前という頃だが。文字通り〝日進月歩〟の当時の音楽界では上野の卒業生はそのまま楽壇で活躍する人材だった。批評家はその卒業演奏会を必ず聴きに行ったものである。

しかし、この年はいわば特別だった。江藤俊哉と園田高弘という超弩級の新人が卒業するというので、事前から大きな話題になっていたのである。二人とも、少なくともその腕前においてすでに並ぶもののない名手であり、我が国ではじめて生れた真のヴィルトゥオーゾであることがわかっていたからである。一緒に聴いていた中山悌一さん――彼自身もいわば飛切りの俊才・新人の一人だった――が、俺達もガンバラなくちゃなあ、といっていたのを覚えている。

当時の園田さんは、その抜群なテクニックに較べて、音楽的な評価は必ずしも余り高くはなかった。その意味では、彼はむしろ大器晩成のタイプであり、私共も次第に円熟してゆく彼の姿を見ていたが、その大きなきっかけになったのは、やはり彼のヨーロッパ体験であったといってよいと思っている。

これもすでに五十年前になるが、園田さんは私の留学地であるパリにやって来た。そこで彼は夫人となる春子さんと出会ったが、私共は三人で一緒にスイスやイタリアを旅した。

しかし、園田さんを本当の演奏家にしたのは、やはりその後のドイツにおける勉強だったと思う。古典音楽の正統を文字通り正統的に表現出来るピアニストに成長したのである。彼の生来のすぐれた素質と知性が開花したのである。

それに関してよく覚えているのは、彼が一緒にきいたアイザック・スターンについて書いている文章である。若いスターンの演奏が、伝統のあるヨーロッパでは浮いてきこえるというのである。私も同じように感じたが、園田さんは、ヨーロッパの深い伝統を通してそれを理解したのである。

園田さんの、特に晩年の演奏には、そうした彼の姿が感じられたが、それは、あえていえば、一人の個人的な才能をこえた事実であり、そのヨーロッパの伝統が大きくゆらいでいる今日、園田さんの死には大切なものを失ったという気持ちが強い。御冥福を祈る。

（「音楽現代」平成十六年十二月号）

フルトヴェングラー賛

フルトヴェングラーの演奏を聴いたのは一九五〇年代の初めである。既に五十年以上経つが、その時の興奮は今も忘れていない。

フルトヴェングラーは、毎年の春と秋、私の留学先であったパリに、ウィーン・フィルとベルリン・フィルを交互に連れてやってきた。私は、一九五二年の春と秋、そして五三年の春にそれを聴いたのである。

当時のパリはまだ戦後が本当には終わっていない頃で、人々の生活は地味だった。そのせいもあるのか、音楽会にも余りたくさんの聴衆が集まらなかった。

しかし、フルトヴェングラーの場合はいわば例外的な事件だった。切符を買うのが大変で、売り出した日には朝から行列ができた。会場も大きな旧オペラ座、ガルニエ宮だった。

フルトヴェングラーの演奏会は春秋とも二回ずつあったので、私は五、六回は聴いたのだが、当時の日記を失ってしまったので、曲目などの細部の記憶はほとんどない。ベートーヴェンやシューベルト、ブラームス、そしてリヒャルト・シュトラウスなどのドイツ音楽が中心だったのは間違いないが、ラヴェルの作品が毎回のように演奏されたのは覚えている。それは特にテンポが重く遅い独特のものだった。

彼の演奏をどういう言葉でいっていいか。今はレコードもたくさんあって聴くことが出来るので、この小文で貧しい言葉を連ねるのをためらう気持ちもある。ただ、私はそれを聴いただけではなく、見ることが出来た幸福な人間である。その御報告をする義務はあるだろう。

フルトヴェングラーの指揮ぶりは確かに独特のものだった。解り難いという人もあるが、私はそうは思わなかった。それどころか、そこには既に確かな音楽があった。演奏される音楽の運動がそのまま彼の体の動きのように感じたのを覚えている。それはまったく経験したことのない出来事で、私は圧倒され、そして感動した。

「体中が砂金のようなもので一杯になって光り出すのを感じた」と日記に書いた。

フルトヴェングラーのリズムの絶え間ない変化をいう人が多いが、それは、すべての生き物の呼吸や運動がもつ自然な姿なのである。

それをロマンティックと呼ぶ人もいるが、そこにはロマン派の恣意というようなものはない。フルトヴェングラーは、ロマン派を幼ない精神と呼んでいるが、彼の音楽はそれを超えている。「すべての偉大なものは単純である」と彼は著書の『音楽と言葉』の冒頭でのべているが、さらに「その『単純』という言葉は『全体』という概念を前提としている」と説明している。

私はその「全体」を「自然」という言葉でいいかえることができると思っているが、自然の持つ限りなく豊かで、しかも人為的な無駄のない動きと形姿が彼の音楽なのである。そこで、彼はゲーテと同じような意味で一人の古典家になる。古典というものが危機に瀕しているその時代に、古典の偉大さを示すことのできた芸術家に感謝しなければならない。

思い出に戻れば、私は一九五三年の秋から一年間日本に帰っていたが、そこからパリに戻った直後にフルトヴェングラーは死んだ。偶然につけたラジオでそれを知った瞬間に、ヨーロッパの全体が消えてしまったような気がした。

数日して、先日亡くなった園田高弘さんから手紙をもらったが、彼はもうヨーロッパに行く気がしなくなったと書いていた。

誇張と思われるかもしれないが、フルトヴェングラーの音楽を知っている人にとって、それはほとんど自然な気持ちなのである。

（「モーストリー・クラシック」平成十七年一月号）

阪田寛夫さんを偲ぶ

阪田寛夫さんが亡くなった。

健康を害した奥様の看護に忙しかったことは知っていたが、彼自身がそんなに悪かったとは知らなかった。見舞いにも行かなかった。友人としてくやむ気持ちは消えない。

阪田さんとのつき合いは「キリスト教芸術センター」という会を通じてのものである。この会のことは以前にも書いたが、遠藤周作さんを中心として集まった五十人ほどを会員として二十年以上も前にはじまった会である。月に二度例会をもち、いろいろな方を講師としてまねいて話をきき、雑談をするのである。

阪田さんは出席率のいい会員だった。しかし、はにかみ屋で無口な彼は雑談に加わることは少なく、いつも黙ってみんなの話をきいていた。それでいて、阪田さんが居るということは会の雰囲気を微妙に温かでなごやかなものにした。それは彼の人柄というほかない。

「センター」は遠藤さんを失なって、二年ほど前に解散した。

阪田さんと個人的に話をしたり遊びにつき合ったりしたことは余り多くない。彼の本はかなり読んでいたが、私はそれについて書くには適当な人間ではないだろう。阪田さんは第一義的に詩人だが、私は詩というものに対する本当の感受性を欠いている。彼は散文にもすぐれた文体をもっていたが、その一見して素朴な語り口のなかに、私は何かもっとちがった強いものを感じていた。それを、本質的に知的な目をもった批評家というのはいいすぎだろうか。

阪田さんは熱心なクリスチャンの親のもとに生れ、子供の時から音楽に親しんだ。これは私の場合に似ている。宗派も同じプロテスタントで、それは「センター」の仲間のなかでは少数派だった。

阪田さんは音楽家にはならなかったが、作詞者として周囲に音楽家の友人をもち、自分でもピアノを弾いた。私はそれをちゃんときいたことはないが、讃美歌くらいは簡単に弾けることは知っていた。

阪田さんが自分の信仰や音楽について語った文章は余り多くない。これも彼のはにかみのせいかもしれないが、讃美歌について書いたものは少なくない。それを読めば彼がどれだけ豊かなキリスト教的感情をもち、そして音楽を愛したかを知るのはむずかしくない。もう少し音楽のことを彼と話しておけばよかったという気持ちが残る。

この原稿の依頼の手紙とともに、「群像」の編集部から阪田さんの文章――詩――が送られて来た。これはすでに二年近く前に書かれ、しかも自分の死までは発表しないようにといわれていたものである。題は「鬱の髄から天井のぞく」。内容は御両親と奥様の病気のことである。明るい話ではないが、詩の与える印象は決して過度に暗くはない。これも阪田さんの大切な持ち味だろう。

終章の詩は友人の小沼丹さんの遺作「馬画帖」についてのものである。それは次のように終わっている。

――私はもはや言葉を失い文章も書けませんが、
「馬画帖」の馬の瞳を思い描くことはできます
小沼丹さんありがとうございました――

「センター」の仲間には、当然、文学者が多いが、そのなかからすでに遠藤さん、矢代静一さん、そして今度は阪田さんが逝ってしまった。

三人とも私よりは年下である。七十九歳の阪田さんの死は、必ずしも早いとはいえないかもしれないが、私にはやはり悔しいのである。

（「群像」平成十七年五月号）

信仰と美

私に与えられたのは、私どもの信仰と美の体験とのかかわりということだと思います。これは本当は大変にむずかしい問題にちがいありません。立派な哲学者が考えても、果たして満足できるような答えがでるかどうか。まして私にはまったく自信がありません。ここでは、私自身がいままでたどってきた道を正直にお話してみるつもりです。こういう個人的な体験が御参考になるかどうか、それもよくわからないのですが——。

私は生れたときからキリスト教の信仰に囲まれていました。祖父は若くして亡くなったのですが、祖母もそして両親もクリスチャン——プロテスタント——でした。子供のときから教会につれて行かれ、小さいころに幼児洗礼をうけていました。

その後の私自身の信仰生活はかなり屈折したもので、自分の考えで信仰告白したのは、実はずっと後です。そういうことについては、ここでは書くつもりはありませんが、信仰には迷いがあっても、神様という存在については、私はキリスト教の教える神以外のものを考えることはなかったと思います。

そのころの遠山家のキリスト教には、いわゆるピューリタンの影響がかなりあったように思います。私の家にはお酒というものがありませんでした。禁酒の習慣ですね。キリストの教えのなかにはそういう考えはまったくないわけですが、一部のプロテスタントの間ではお酒ばかりではなく、一種の禁欲主義的な雰囲気があったことは事実です。いまでも多少はあるかもしれません。私も、子供のころ、映画などを見るのはよくない、といったような感じをもっていました。

プロテスタント、あるいはピューリタンのなかでも、こういう禁欲主義にはいろいろな考え方があるでしょう。私の家や教会では、それはあまり厳しいものではなかったので、私どもも子供のときからピアノを習ったりしていました。別に音楽家にするというような考えでは全くなかったわけですが、音楽は次第に私ども兄弟のなかで大きな場所をしめるようになり、私も、次の弟も結局は音楽にかかわる仕事をするようになりました。それについて両親は反対するようなことはありませんでした。

問題は私自身のなかにあったというべきでしょう。私はいわゆる終戦の直後に音楽批評の仕事をはじめ、幸いに順調に場所を与えられましたが、自分の気持ちのなかでは次第に迷いのようなものが深くなっていました。また信仰告白はしていませんでしたが、神を求める気持ちは強くなっていました。そしてその気持ちが音楽や芸術に深入りする自分に対する疑問に結びついたといえるようです。これでいいのかという思いで悩んでいました。

いま考えてみれば、こうした気持ちには随分矛盾もあるでしょう。私どもが美を求める心は神様から与えられたものなのに、それを否定しなければならないのは当然不自然です。しかし、当時の私の気持ちのなかではその矛盾が大きく広がっていました。子供の頃のピューリタンの名残りがあったかもしれません。

私がフランスに留学したのはちょうどその頃です。一九五一年。まだ講和条約も結ばれていないころですが、私にとってこれは本当に幸いであったと思います。

フランスは、いうまでもなくカトリックの国ですが、この国のもつ文化のあり方全体が私には新鮮なものであり、そのなかで私の気持ちが次第にほぐれていったようです。

これも詳しくは書きませんが、カトリック文化のもつ大らかな明るさのようなものが、私のかたくなな気持ちをほどいてくれたといってもいいでしょう。

いまでも思い出すことができますが、パリの教会に入ると、そこにいままで知らなかったような信仰の生活があるのを感じる。何か大きなものに包まれているという気持ち、それは正直にいって日本のプロテスタント教会で味わうことのなかったものです。

そうしたなかで、私の芸術や美に対する経験も変わっていったのは当然でしょう。私の音楽的教養は、どちらかといえばドイツ風のもので、そういう眼から見るとフランスの音楽には不満を感じる面も多かったのですが、しかし別の、もっとちがった音楽生活があるということを知ったのは、貴重なことだったと思います。神様に対する心が開かれていったのと同様に、美に対する心も拡がっていったのです。音楽ばかりではなく、それまではあまり強い関心をもたなかった美術に対しても、それに接することに大きな悦びを感じるようになりました。

キリスト教と音楽や美術との深いかかわりについては、ここで書く必要もないでしょうが、私もいまではそれを自然な気持ちでうけとめることができます。芸術はあくまで人間がつくり出すものですが、その人間の背後に神がある、という事実の意味の重さを深く感じるようになっています。

私どもの間で、いま音楽は大変盛んになっています。しかし、正直にいって、その現状には大きな危惧ももっています。音楽家たちの能力は、びっくりするほど高いものになり、演奏家はその腕前を見せびらかすように、華やかな演奏ぶりを競っていますが、その奥で大切なものが失われてゆくという気持ちは、残念ながら否定できません。

信仰と美意識の関係を、簡単にこういうものだということはできません。美を愛する心が私どもの信仰を深める、と大きな声でいうのは私にはむずかしい気がします。

しかし、神様を信じるということが、私どもの芸術を横道から守り、一層意味深いものにする、ということを疑うのはむずかしいのです。

（「あけぼの」平成十八年一月号）

日記と音楽

最近、内藤濯さんの滞仏日記『星の王子　パリ日記』を読んだが、それは私には大変興味のある文章だった。何よりも、そこに書かれたパリやパリの生活が私自身のそれを思い出させてくれたのである。内藤さんのパリ生活は一九二二年の秋から二四年の正月にかけてで、それは当然戦前のパリである。私の留学はそれから三十年も後の戦後だが、そこには意外に共通の体験が書かれているのに驚いたのである。私の滞在は戦後とはいっても戦争が終わって僅か数年という頃で、パリにはまだ戦前の趣が濃く残っていた。いまのように白く洗われたパリではなく、黒くすすけた街並みだったし、スーパーマーケットなどというものもなく、人々の生活にもアメリカ風はまったく感じられなかった。考えてみれば私がはじめて行ったのはもう五十年以上も昔である。音楽も遥かに昔風だった。私はそうしたパリを知ったことに大きな感謝の気持ちをもっている。内藤さんの日記に五十年前の自分の体験を発見して懐かしさを禁じ得なかった。

　それにしても、内藤さんのパリ日記にはびっくりするくらい音楽のことが書かれている。パリに着いた直後の十二月にも、氏は実に十二回もコンサートやオペラに通っている。そしてその感想がなかなか面白い。その間に「ベートーヴェンの主な交響曲は一とおり聴き了」り、「第九の大きさに打たれ」るが、フランス近代のフランクのオラトリオ「至福」では「ハーモニーが断うまで美しいのは何だか一種の反感をそそる」と立ち入った感想をのべている。「ドビュッシーは何としても豪い。音のすべてが絹漉しにされた細かさを有《も》っているのと同時に、さびもあれば深さもある」と書いたあとでラヴェルを聴いて「この方が上」と思ったりする。「チャイコフスキーは千篇一律、だまされたような気がする」というのも面白い。素人としての感想にちがいないが、独特の審美眼があるのである。

　それにしても、内藤さんが心からフランスを愛しながら、決してそこにおぼれ込んでしまわず、日本の文化の独自性を評価しているのは注目すべきことである。

　氏がやった泰西歌曲の歌詞の翻訳などを見ても、日本語の詩文の伝統的な美しさが重んじられている。『星の王子さま』の訳文にもそれは確かに感じられるのである。


（「星の王子さまの会　レクチャー・コンサート」プログラム平成十八年三月）

教会音楽について

先日、あるカトリック教会の雑誌のために同じような題で短い文章を書きました。

そこでは、私自身がたどってきた道をあるがままに書いたのですが、音楽を自分の仕事としたということと、他方で信仰への歩みが、必ずしもはじめから幸福に手を結んでいたわけではないということを正直に言ったのです。

改めてそれをここで書くことはひかえたいと思いますが、私の気持ちのなかに、行きすぎたピューリタニズム――厳格主義――のようなものがあって、芸術や美に心を奪われるのが神から離れることになるのではないかというような気持ちにとらわれていたのです。

私のそういう気持ちは、その後のフランス留学などを通じて次第に消えて行きました。私達が美しいものを求める心も、そこから生れる芸術も神様から与えられたものなのに、それを否定しなければならないのは当然まちがっているでしょう。私がそういうところから抜け出すことができたのは幸いだったたというほかありませんが、そこには、やはり神様のお導きがあったというほかありません。

キリスト教の歴史のなかには、私がとらわれていたような厳格主義の流れが散見されます。近世のプロテスタントのなかにも、そういうピューリタニズムの影が見られます。

しかし、キリスト教が、早い段階で、芸術を広くうけ入れて来たことは御承知の通りです。特に音楽は、神への讃美の言葉として、礼拝のなかで大切な役割を果たすことになりました。初期のキリスト教では偶像崇拝をきらった時期もあるので、そこに結びつく造形芸術よりも、音楽の方が重んじられたのです。

特に、音楽は、その性質から、外にあるものよりも、人間の内面に呼びかける力が強いといわれます。十九世紀ロマン派の思想家はそれを一層強調する形で、音楽こそ世界の本質をあらわす芸術だといったのですが、そういう音楽が神の世界、信仰の表現として重んじられたのも自然なことでしょう。

私自身は音楽の世界で生きている人間ですから、音楽をそういうものとして考え、信仰との結びつきが大切な役割を果たすことができるということに喜びと誇りをもっているといっていいと思います。私は子供の頃からピアノを習ったりしていましたが、同時に、学生時代には教会の聖歌隊で歌い、また成城学園の合唱団に入ってバッハやモーツァルトの宗教音楽の演奏にたずさわりました。私自身の音楽生活、あるいは批評家としての仕事にもそうしたことが大きな影響を与えてきたことは事実です。

しかし、その半面で、音楽が信仰の世界と安易に手を結ぶことに対する反省の気持ちも忘れてはならないと思っています。

讃美歌を歌うことが、私共の信仰の行為のあらわれであることはもちろんですが、それは神様から与えられたものを感謝して神様におかえしすることだと思っています。私共がささやかでも音楽の才能や技能をもっていれば、それを感謝して神様におかえしする。それは、必ずしも音楽にだけに限られたことではなく、私共人間のすべての行為についていえることで、それが音楽でなくても同じことなのだと思います。一人ひとりが、神様に与えられた能力や才能を感謝して捧げることが大切なのでしょう。私は音楽を仕事としているので、音楽に何か特別な価値があると考えるのは嬉しいことですが、それはやはり音楽家の一人よがりになりかねません。

宗教音楽、ことに礼拝に結びつく教会音楽は、私共の信仰の生活のなかで大切な意味をもっていることは否定できませんが、それはやはり、音楽にたずさわる人が神様に感謝して自分の才能をおかえしすることであって、宗教音楽そのものを余り特別なものと見ることに私は賛成できません。

そういうことに関連して思い出すのは、戦後、バッハの宗教音楽についていわれた議論です。バッハは多くの宗教音楽、ことにカンタータを沢山書いています。それは彼が中年以後をすごしたライプツィヒでの教会音楽監督の職務のためですが、彼はその長い年月のうち、はじめの数年はちゃんと毎週カンタータの作曲をしていますが、数年後はそれをくりかえして演奏するようになり、新作の作曲は余りなくなってしまいます。しかも、彼のカンタータには宗教音楽外の世俗的作品からの借用が少なくありません。そういうところから、バッハは、本当は宗教音楽に余り熱心ではなかったというような議論がなされ、彼の宗教心までが疑われるというようなこともありました。

そういう議論には、当時から反対もあり、いまでは余り強い説得力をもたなくなっていますが、私も、バッハが宗教音楽に特別な意味を与えていなかったというのは、ある程度事実だと思ってます。

しかし、それを彼の信仰の問題にまで結びつけるのはまちがっているでしょう。

バッハは自分の作品のはじめに「神の栄光のために」という言葉を書きつけることが多

かったのですが、それは決して宗教音楽だけに限ったことではなく、世俗的に器楽音楽にも見られることです。彼の信仰は、宗教音楽あるいは教会音楽だけに現れているのではなく、すべての音楽が神のためのものなのでしょう。自分の才能を、そうして神様におかえしすることが、バッハには大切な信仰の行為であったのだと思います。

私は、宗教音楽のもつ意味を決して否定しようというのではありません。私共の礼拝において、音楽が大切な役割と意味をもっているのは、音楽という芸術の本質から見て自然なこととも思っています。

しかし、私達の信仰は、私達のすべての行いのなかに現れるもので、たとえ音楽が苦手だとか、好きではないという人がいても、それは仕方がないことだと思います。

私共の信仰にとって、音楽が何か特別な意味をもつと考えるのが、音楽にたずさわる人間の自己満足になってはいけないと思っています。

（「銀座の鐘」平成十八年五月七日）

猫三代

家には、いま、猫が一匹いるが、これははじめから数えて三代目である。

一代目は、もともと野良猫で、我が家の庭に仲間と一緒に住んでいた。家内はそれをゼネラル・ミンミンと呼んでいたが、家に入ってからはただのミンミンということに、変わった。

ミンミンは野良出身としては猫相もよく、家内はそれこそ猫可愛がりしていたが、ガンになって死んでしまった。

猫好きの家内は早速新しいのを買ってきたが、これはロシアン・ブルーの純血種で、微妙な色をした上品な奴だった。生れたばかりの小さな頃は、それこそネズミそっくりで、出入りの洗濯屋が間違えてネズミがいますと叫んだりしたが、やがては中型の可愛いレディとなった。お行儀がよく、おしっこなどもちゃんときまったところでするので手が掛からなかったが、滅多に声を出して鳴くことがなく、居場所がわからないので困るくらいだった。

二代目の名前はルルだが、これも家内になついていた。家内はピアニストで、その練習の時間に合わせて自分も行動するのだが、たまに彼女が演奏旅行に出かけると、仕方がないので私のところに来て、前足で肩をたたいたりして誘惑するのである。これには困ったが、私も猫好きなので悪い気はしなかった。

ルルは、私が昼寝をしているとお腹《なか》の上に乗ってくるのだが、必ずオシリを向けて座るのである。私は不満だが、それを絶対に変えないのが猫というものらしい。要するに保守的な動物なのである。

しかし、この猫も一寸した事故にあって死んでしまった。

家内は、もう猫に死なれるのは嫌だといっていたが、ルルの一周忌がすんだら、また新しいのを買ってきた。これはゴールデン・チンチラというやはり純血のペルシャ猫で、ルルとは正反対に足が太く、毛が長く、しかも平べったい顔をしたおかしな奴だが、それも馴れてくると愛嬌があって可愛いのである。

名前はルナときまったが、先代のルルとまぎらわしく、はじめはよく間違っていたが、猫の方は一向気にしないで返事をするのである。

ルナは、今度は私にひどくなついた。私が仕事をしていると必ずやってきて邪魔をする。膝の上に乗りたがり、昼寝をしていると今度はお腹の上に乗ってくる。ルルとはちがって必ず顔を私の方に向けて寝る。

変わっているのは、その時に家内がくると、すっと逃げてしまうのである。膝の上にいる時もそうである。私に甘えているところを他人に見られるのが嫌なのだろう。変な猫ねと家内はいっているが、別に家内が嫌いなわけではない。我々の寝室を定位置ときめているが、私と家内がそこにいると、いかにも安心したように、体を長くのばして寝てしまう。

変わっているところといえば、ルナはキャットフード以外は何も食べない。お魚などをやって見ても、匂いを嗅ぐだけで絶対に食べない。それも保守的の一例だろうか。

ルナは血統のいい純血種なので、見るからに立派で、雑種の猫とは比較にならない。普段お世話になっている犬猫病院の先生も、品評会に出してみたらなどとすすめてくれるが、私共にはそういう気持ちはまったくない。

仮にそうした賞をいただいたりしても、猫の方は一向に嬉しくはないだろう。持ち主の自己満足の犠牲にしては可哀そうである。のんびりと暮らして長生きさせてやりたい。前の二代が早死にしたから一層そう思う。
私もうそろそろ八十四歳になる。ルナは四歳をこえたところである。私の先に死ぬことはまずないだろう。家内は私より十二も若いから、ルナの死水はとれるだろう。そう思って安心しているのである。

(「月刊ねこ新聞」平成十八年六月十二日)

愛猫・ルナと（平成21年）

私の信仰

私はキリスト教の家庭に生れた。それも祖母以来の三代目である。家ではキリスト教の習慣が行われ、教会の関係者の出入りも多かった。

子供の時に、いわゆる「幼児洗礼」をうけ、学生時代にも教会に行って、聖歌隊などの活動をした。

しかし、私が本当に自分の信仰を確認し、「信仰告白」をして、教会の正式な会員となったのは、実ははるかに遅く、六十歳の時である。

その間、何をしていたのだろうか。

私が何かキリスト教以外の宗教に心をひかれていたということはない。神というものを考える時に、それは、やはりキリスト教が教える神でなければならなかった。ただ、私は、そういう自分の信仰に本当に自信をもつことができなかったのである。

少し前に別のところで書いたことがあるが、わが家のキリスト教はプロテスタント、それもいわゆるピューリタンの色彩の強いものだった。

ピューリタンは厳格主義などとも訳されるが、たとえば飲酒やタバコなどに対しては厳しく、家にはタバコばかりではなくて、お酒もなかった。私も子供の頃は、映画などを見るのはなんとなく、悪いことだという風に感じていた。

そういうなかで、音楽は日常的に身近なものとしてあったが、それが次第に自分の仕事となって来ても、そういう審美的な生活が神から遠ざかることになるのではないかというような気持ちに悩まされたことを覚えている。これは余り人には理解してはもらえないことかもしれないが、私のなかに、かなり偏ったピューリタニズムの傾向があったことは事実なのである。

そういう気持ちは年をとると同時に次第に薄らいできた。特に三十代に入ってのフランス留学がそれに役立ったのである。フランスはいうまでもなく、カトリックの国だが、カトリシズムのもつ明るさや大らかさが、私の窮屈な心を和らげてくれたのである。

しかし、それ以上に、もっと具体的に、私に影響を与えたのは、カトリック作家の遠藤周作や、その周辺の人々だったといっていいと思っている。

遠藤さんと親しくなったのは五十歳の頃である。彼がいい出して始まった音楽サロンを手伝うことになり、それが発展して「キリスト教芸術センター」というグループができた。

そこには阪田寛夫さんや森禮子さんのようなプロテスタントの作家もいたが、大多数は遠藤さんの関係でカトリックの人々だった。

「キリスト教芸術センター」の人々とのつき合いは楽しく、それは「センター」が解散した後もつづいている。そうしたなかで、私のキリスト教に対する気持ちが少しずつ変わって行ったのである。

遠藤さんの『死海のほとり』を読んだのは「センター」の出来る少し前である。そして音楽雑誌にその感想を書いた。

その頃には、遠藤さんの気持ちや考えを全面的に認めていたわけではない。多少、批判的なことも書いた。

しかし『死海のほとり』のなかで示された「弱いキリスト」のイメージ、父であるよりも母であったそのイメージは、私にも温かい印象を与え、キリスト教に対する私の気持ちをどこか深いところで動かすものをもっていたのである。

これは私のピューリタニズムとは関係がないかもしれないが、若い私の頭のなかにあったのは、何よりもまず「全知全能」の神という観念だった。すべてを知り、すべてを可能にする神のイメージが私の心を占めていた。そうした神のイメージからうける圧迫感——おそれといってもよい——が、いま考えれば、私を神に本当に近づくのをさまたげていたことは否定できない。

私のキリスト教に対する気持ちがほどけ出したのは五十歳の頃からだが、それはいまいったように、カトリックの人々との交流が機縁といってもよいが、それと共に聖書のなかの「愛」ということばを改めて強く意識するようになったのである。「愛」はキリストの教えのなかでいわば中心的なことばであることを知らなかったわけではない。

新約聖書の「コリント人への第一の手紙」(第十三章)で、それははっきりと説かれている。それは次のように始まる。

——たといわたしが、人々のことばや使徒らたちのことばを語っても、もし愛がなければ、わたしは、やかましい鐘や騒がしい鐃鉢と同じである。たといまた、わたしに予言をする力があり、あらゆる真儀とあらゆる知識に通じていても、また、山を移すほどの強い信仰があっても、もし愛がなければ、わたしは無に等しい。たといまた、わたしが自分の全財産を人に施しても、また自分のからだを焼かれるために渡しても、もし愛がなければ、いっさいは無益である――。

このあとも愛についてのことばはつづくが、その終わりにはやはり次のように書かれている。

――そのように、いつまでも存続するものは、信仰と希望と愛と、この三つである。このうちで最も大いなるものは、愛である――。

私は、当然、この聖句をよく知っていた。しかしその本当の意味を理解するには遠かった。

信仰よりも大いなるものは愛である、ということばを、いま、私がどれだけちゃんとうけとることができるかはわからない。しかし、このことばが、私をキリストに近づけ、かたくなな信仰をやわらげてくれたことはまちがいない。

私の心のこういう変化について、遠藤さんをはじめとするカトリックの人々との交遊が大きな力になったということはすでに書いたが、そのなかでも忘れることができないのは、遠藤さんの親友であり、信仰の同志でもある井上洋治神父のことである。

井上神父は、カトリックから離れることなしに、ヨーロッパのキリスト教の直訳ではない、日本人の心をもつ信仰を説いているが、そこに現れる神の姿は、文字通り「愛」の神であり、人々をゆるし、なぐさめる、やさしい神である。

その神を、井上神父は、聖書のことばによって〝アッパ〟と呼んでいる。その呼びかけは、神よ、というような堅くるしいひびきではなく、むしろ「お父様」といった親しくやさしいひびきをもっている。私もそれを素直に受け入れる気持ちになっている。

そして、カトリックの人々と共に、私の信仰に影響を与えたのはやはり妻の存在である。彼女もプロテスタントの家庭に生れ、その信仰をうけついでいる。妻の信仰はきわめて自然で、そして明るいものである。私がいまプロテスタントの教会に留まっているのは妻の存在が大きいと思っている。

最後に、仏教について書くが、かたくなな神の概念にとらわれていた私には、仏教について考える余裕はなかった。

仏という多神教的な考え方ははじめからうけ入れられなかったのである。

現在でもそれが変わったということはできない。

しかし、仏ということばのなかにある「ゆるし」のイメージ、そこにある精神の深さと大きさに魅かれる気持ちをいまはもっている。

そして、それに眼をひらかせてくれたのは、やはり井上神父である。

井上神父には『法然』という著書があるが、それには「イエスの面影をしのばせる人」という副題がついている。

それについては、直接にこの本を読んでいただくほかはないが、神父の眼にうつった法然上人は、正しく愛とゆるしの人のイメージである。

私は、いまだに仏教については無知に近いが、しかし、そこに、以前には感じなかったような親しみをもつようになっていることは否定できない。


（「寺門興隆」平成十九年三月号）

音楽と私、慶應と私

私は「音楽三田会」の一員としてむかえられていますが、慶應義塾の出身ではありません。たまたま私の身分証明を書けと言うのが、今回の原稿依頼の主旨のようです。「慶應と私」ということについては、少し前の三田評論に書きましたので、ご存知の方もあるかと思いますが、お求めに応じて、もう一度書くことにします。

私が塾と初めて関わったのは、終戦から余り年月の経っていない頃、昭和二十三（一九四八）年に慶應高校の非常勤講師になったときです。終戦後すぐに音楽批評のようなものを書き出して、その関係で、慶應の大先輩であり大学の教授でもあった村田武雄氏から頼まれたのですが、慶應高校は私の家（父の家）からも近かったので、やってみようかと思ったのです。

当時の慶應高校は麻布の三の橋にありました。音楽史のようなことを教えろといわれたのですが、実際にはレコードなどをかけて自分も楽しんでいたようなものです。学校の授業で音楽が好きになるというような生徒は余りないというのが事実に近いことは分かっていましたし、音楽は好きな人がやればいいとも思っていました。「授業中は眠っていても、ほかの本を読んでいても構わない、ただし声を出して邪魔することは許さない」と宣言したのですから、確かに変わった教師と思われたのでしょう。しかし、授業は極めて順調で居眠りするような生徒はいませんでした。生徒の中には後で作曲家になった林光さんや小林亜星さん、フルーティストになった峰岸壮一さんなどがいたのを覚えています。皆さん現在音楽三田会のメンバーです。

高校教師の仕事は、その翌年に東京藝術大学が始まったとき、講師として呼ばれたので、一年で終わってしまったのですが、なんとなく懐かしい気持ちを持っているのは、塾の雰囲気に気が合っていたのかもしれません。その後、大分経ってからのことになりますが、大学にも何度か講師として出講する機会があり、三田や日吉にも出掛けて行きました。

今回「音楽三田会」の名簿をじっくりと見ましたら、友人、知人、あるいは名前だけはよく存じ上げている方々がびっくりするくらい沢山あって、改めて塾との関わりの強さを実感いたしました。私は東大の出身ですが、何しろ戦争中の短い期間の学生で、余りなじみというほどの気持ちがないので、むしろ慶應の方に親しみを持っていると言っても余り誇張にはならないでしょう。事実、私を慶應の出身者と思っている人には何人も出会っています。

しかし私が「音楽三田会」の会員になれたのは、やはりある時期に慶應の特選塾員というものに選ばれたからで、これで私も堂々と「塾関係者」と名乗れるようになったわけです。これは多分二十年ほど前に、私が主宰している音楽財団の図書をまとめて慶應に寄付した御褒美だったと思うのですが、それはいまでも遠山文庫として三田で公開されています。

慶應との結びつきは、その後も私の息子や孫達がそろって慶應のお世話になることになって、一層深くなった気がします。長男はいま文学部の教授になっていますが、一番下の孫は、幼稚舎の四年生です。まだ塾とのつながりは長く——といっても私はもう八十五歳になろうとしていますが——続くのでしょう。

更に私の子供の頃の音楽とのかかわりを書くようにと言うご注文ですが、これは実は大したことはありません。小学校に入る頃から、家に音楽の先生が見えて歌を歌わせられたり、簡単なピアノを習ったりしていましたが、親も本人も音楽家になるというようなことは考えていませんでしたから、文字通り暢気にやっていました。しかし、それが今の仕事につながっていることは否定できないでしょう。音楽が本当に好きになったのは、中学から高校に入る頃で、あとで指揮者になった弟（遠山信二）とむやみにレコードを聞いたり、チェロや和声学を習ったりしました。しかしやはり音楽家になるというような気持ちは持ちませんでした。本を読むことも好きで、それも小説のようなものから次第に評論の類に関心が向いてきたのです。小林秀雄とか河上徹太郎などの文章を読んで、自分もこういうことをやりたいと思ったのです。

終戦後、たまたま音楽雑誌に文章を書く機会があり、それが大先輩の野村光一さん（初代音楽三田会会長）の眼にとまり、毎日新聞の批評家としてスカウトされ、そのまま今日に至っています。

私は、批評は文学的な行為だと思っていますので、この二十年程は、主として文芸雑誌上で仕事をすることが多かったのですが、八十歳を過ぎると流石にくたびれてきて、いまは半分はお休みの状態ですが、許されれば、もう一つ二つ、自分の作品と言えるようなものを残したいと思っています。

（「音楽三田会」平成十九年六月一日）

三善晃の音楽

三善晃が戦後の作曲界をリードする存在であることは多くの人がいっている。その事実に間違いはないだろう。しかし、それがどういう意味をもっているかを本当に知ることは決して易しくはない。最近も三善の音楽を難解という言葉でいったが、それは私が彼の音楽にはじめてふれた時からもっている感情である。

三善についてはさまざまな言葉がつかわれてきた。フランス風の洗練された書法をもつ音楽という初期の評から、もっとはるかに多彩な姿をもち、時には前衛的な手法さえさけなかったことも認識されていた。

三善と前衛という言葉の関係は微妙というほかないが、彼がいわゆる前衛的な理論にとらわれた信奉者でなかったことは明らかである。一時の作曲界の「前衛的な」傾向のなかでは、彼はむしろ反対の正統派という言葉で呼ばれていたのである。しかし、彼が時にはいわゆる音列的な書法や電子音などをつかったことも事実である。そういう三善をどう呼ぶかに迷いながら、人はその音楽の極めて精緻な完成度を認めないわけにはゆかなかった。作曲家のメチエというものを考える時に、三善をこえる作曲家を挙げることはむずかしいだろう。

だが、いうまでもないことだが、三善をそういうメチエによりかかった職人と呼ぶことは事実とは余りに遠い。

三善をロマン的な作曲家といったのは文芸評論家の河上徹太郎だが、その創作の裏に極めて深い情感、時にははげしい情念の世界があることを看過するわけにはゆかない。しかし三善は、そうした情感の世界をダイレクトに音に乗せるような表現主義的な作曲家ではない。彼にとって、音というのはそういう手軽で便利な手段ではないのである。

三善がしばしばいう言葉に音の形ということがある。ある音が、ある音程が形をもつ。そういう事実が彼の創作を強く規定している。豊かな情感の世界と音の形という強い感覚が彼の創作のなかではげしく戦っている。三善の音楽を聴いて感じるのはそういう事実である。そうした戦いのなかで、作品という更に新しい形が生れてくる過程を共有し実感することのむずかしさが彼の作品の「難解」さであるといえば事実に近いのではなかろうか。

三善についていうべきことは多いが、ここではそれ以上言葉をつくすことはできない。三善の言葉の愛好家といえる人がどれだけいるかよくはわからないが、私は彼を現在の作曲界（世界中の）を見わたしても稀有な才能をもつ作家と呼ぶべきだと考えている。今回、オーケストラ作品を中心とした彼の作品のレコードが出ることは、その事実をあらためて確認する手掛かりになるはずである。

（CD「三善晃の音楽」ブックレット　平成二十年十月）

草津音楽祭の三十年

草津の音楽祭も今年で三十年目を迎えることになって、やはりいろいろな想いがある。音楽祭をはじめた時に、これは五十年百年と続けるようなものにしなければといったが、三十年という年月はそれが夢ではないことを示しているかもしれない。

三十年前のことを覚えている方はもう少ないと思うので、思い出すままに書いてみることにするが、その始まりはやはり豊田耕児さんの存在にあったといわなければならない。

豊田さんは、当時、ベルリンの音楽大学の教授だったが、日本では群馬交響楽団の音楽監督として活動していた。そのすぐれた識見を生かすために、群馬で音楽アカデミーのようなものをやったらという話が、いわば自然に生れてきたといっていいだろう。それを他ならぬ草津でやろうといったのは、群響の事務局長だった故丸山勝廣さんである。丸山さんは群響の苦難時代を描いた映画「ここに泉あり」の中心人物となった人で、草津という古い温泉地とクラシック音楽の組合せは一見奇妙にも思われたが、それが逆にジャーナリズムの話題になったのは面白いことだった。外国人の音楽家に浴衣をきせた写真が週刊誌を飾ったりしたのである。

しかし、音楽祭そのものは、豊田さんの人格を写して極めて正統的な形で行われた。はじめから「草津夏期国際音楽フェスティヴァル&アカデミー」という名称をつかったが、私共の意図はどちらかといえばアカデミー中心であり、フェスティヴァルはその副産物という気持ちだった。それは三十年たった今日でも本質的には変わっていない。当時も外国の音楽アカデミーに参加する人は少なくなかったが、それを日本できちんとした形でやろうというのが主旨である。教師もその主旨で選ばれたが、そのなかにはチェロのモーリス・ジャンドロンやオーボエ奏者で指揮もやったヘルムート・ヴィンシャーマンなどの第一線の演奏の大家もいた。

最初の年は、三回の講演会を別にして、コンサートは八回という規模だった。そのなかには野坂恵子さんの「箏」リサイタルや吉原すみれさんの打楽器リサイタルなども含まれていた。テーマは「バッハ」で、それから十年間はすべて個々の作曲家をテーマとして行なわれた。二年目はモーツァルトであり、三年目はブラームス、四年目はシューベルト、五年目はハイドンという風に、古典派、ロマン派の作曲家たちであり、クラシック音楽の本道を歩こうというのが私共の基本的な考えであり態度であった。この点も、今でも変わってはいない。二年目からは規模も今日と同じ二週間になり、日本の作曲家の個展も行なわれるようになった。

しかし、当時はいまのように設備も整っておらず、レッスンも役所の部屋や学校の教室などを借りてやっていた。演奏会は、現在は公開レッスンをやっている、スキー場のレストハウスだった。いろいろと苦心してやっていたが、音響は悪く、雨が降るとその音で音楽が聴えなくなってしまうような有様だった。それでも演奏家たちは文句もいわずに熱心にやってくれた。

私はその頃は実行委員長という肩書でやっていたが、毎日、どれだけお客様が来てくれるかを気にして、一生懸命数えたりしていた。二百人から三百人というのが普通で、それも少しずつ増えていったが、いまのように六百人の会場が満員になるというのは想像もしなかった。演奏会のテーマは六年目がバッハとその息子たち、七年目がシューマン、八年目はモーツァルトとマンハイム楽派、九年目はフランス音楽、そして十年目がベートーヴエンという風に発展したが、この年で豊田さんは音楽監督を辞され、翌年からは私がその役目についた。私はテーマを少しひねって、第十一回は「一七九〇年をめぐって」、第十二回「一八三〇年―ロマン派音楽の胎動」、第十四回「二つの世紀末」、第十八回「バッハと現代」、「モーツァルトの旅」（第二十二回）、「ドイツの都市と音楽」（第二十六回）など色々やってみたが、バッハから古典、ロマン派の音楽中心という基本は変わっていない。

私が音楽監督になった頃からは、アカデミーの先生たちの顔ぶれも大体一定して来たが、しかしそのなかにはいまは物故されたり引退されたりした方も少なくない。草津の大切な顔になった声楽のヘフリガー先生は、早くも四年目から毎年来て下さっていたが、それも先年亡くなられた。ピアノのアクセンフェルト女史、指揮のカルロ・ゼッキなども忘れられない人であるが、やはり他界された。ヴィオラのセルジュ・コロー、フルートのオーレル・ニコレなども引退ということになった。そのほかにも、毎年草津を支えて下さった方々が少なくないが、心から感謝をささげたい。

草津に現在の音楽堂が出来たのは十二年目の年である。吉村順三氏による設計は大変評判もよく、またこの頃にはレッスン室も大分整ってきて、フェスティヴァルもアカデミーも本格的に発展することになった。

六百人の会場は、はじめのうちは空席の目立つ日もあったが、次第にお客様も増え、いまでほとんど毎日が満席という状態である。これは大変嬉しいことだが、私共が本当に望んでいるのは聴衆の数だけではない。良い聴衆が生れてほしい。その点、草津は大変めぐまれたと思っている。

私は大きな目で見て音楽をつくり出すのは聴衆の力によると思っている。その点、いまの一般の状況は必ずしも望ましいものではないだろう。聴衆の数だけを求めて派手な宣伝をしたり過度に企業のようなものに頼ったりするのは危険である。

その点、草津のお客様はもっと自然に、そして自発的に生れたものだといえるだろう。私はそれに大きな喜びとそして誇りをもっている。

アカデミーについても似たようなことがいえるかもしれない。私共が求めたのは、ただ上手な生徒を集めることではない。音楽は上手な人だけのものではない。むしろすべての人の心のなかにある音楽を大切にしたいと思っている。

そのために、私は毎年の開校式の日に話すのだが、草津に来たら、それまでの日常の音楽を忘れて、改めて自分自身にとって音楽が何なのかということを考え直す場所にしてほしいといっている。生徒たちがどううけとめるかはわからないが、例えばコンクールの予備のようなつもりで草津に来てはほしくない。この私の気持ちは、多分生徒たちにも、そして先生方にも通じていると思っている。

以上、思いつくままに書いて来たが、この三十年は、正直にいって長いようでもあり短いようでもあるが、考えて見れば三十年間毎年二週間ずつ草津に滞在したのだから合せれば一年以上この町に住んだことになる。なつかしいのは当然である。

アカデミーが始まったのは私が五十八歳の時だが、今年の七月で八十七歳になった。そろそろ勇退の時と思い、この第三十回を最後に音楽監督の職を辞するつもりである。草津にはまだまだ来るだろうが、私の生活にとって大切なくぎりになるだろう。最後になったが、初めから事務局長としてアカデミーを支えてくれた井阪紘氏に心から感謝したい。

長いこと有難うございました。

（「第三十回草津夏期国際音楽アカデミー&フェスティヴァル」プログラム

平成二十一年八月十七日）

フラショさんとフランス

レーヌ・フラショさんの演奏を久しぶりにCDで聴き、大変なつかしい気がした。かつて友人としておつき合いをしたフラショさんを思い出したというばかりではない。もっと大きな深い感情である。

聴くことができたのはいずれも東京や京都で行なわれた演奏会のライヴ録音だが、そのためもあるのだろう。演奏には豊かで自然な日常性があり、そこにはまぎれもない一人のフランス人演奏家の声があった。それは私自身も実は半ば忘れていたもので、それだけに一層なつかしかったのである。

演奏されているのはすべてフランスの作曲家の作品で、フランス古典期のマラン・マレ、フランソワ・フランクール、フランソワ・クープランなどと近代の作品に限られている。こうしたレパートリーにもフラショさんの姿を感じるが、私は特に古典の作品の演奏に感心した。いかにも温かく、しかも自然なリズムの感覚があって、これこそフランス音楽の神髄だという気がしたのである。はっきりいって、こういう感覚はいまの若い人々の達者な演奏からは消えてしまった。あるいはフラショさんは、その最後の世代の人といえるかもしれない。

　フラショさんは一九二二年の生れで、私と同年である。同じとしの生れには故安川加寿子さんもいて、やはり同年生れの当時のフランスの文化参事官も加えて二二《ヴァン・ドゥ》年の会というものをつくり、時々一緒に食事をしたりしておつき合いをしていた。

　そういう時のフラショさんはいかにもざっくばらんな様子で、妙に芸術家ぶったようなところはない普通のフランス婦人だった。

　そういうフラショさんの演奏にかつてのフランスの声をきくことができたのは、私としては本当に幸運なことだった。安川さんを加えて、御二人の安寧を心から祈りたい。

（CD「レーヌ・フラショ」ブックレット　平成二十一年十二月）

チッコリーニ

私は、幸いに、ヨーロッパ留学中、戦前からのピアニスト達の演奏を聴くことが出来ましたが、その中には、正しく「敬愛」という言葉をつかうにふさわしい人々がいました。思いつくままにあげてみれば、コルトオ、ケムプ、フィッシャー、マルグリット・ロン、それにもう少し若いクララ・ハスキルなどです。彼等の音楽には文字通りの意味で大きな感動を与えられたといってもいいでしょう。

それにつづく戦中派といえる人にも、その都度の大家と呼ばれる人々がいますが、――たとえばアラウ――私が本当に納得したピアニストは――僅かに、リヒテルを除いて――少ないといわなければならないでしょう。戦後派のはしりというべきサンソン・フランソワは大きな可能性をもったピアニストと思ってましたが、彼は大成する前に夭逝してしまった。

その後のピアニスト達についてもいままでも何度もかいていますが、私は正直にいってその中に自分のピアニストと呼べる人をもっていません。彼等のもつピアノの技術が、戦前派のそれを大きく上まわっていることは明らかでも、少なくとも音楽を問題とする時には、その反対のことをいわなければならないのは残念です。彼等の音楽は、多くの場合、真面目ではあっても、型のきまった画一的なものになっている。特にそのピアノの音は、かつてのような人間的、個人的なものを失ってしまっている。

いまピアニストの間で高く価値されているブレンデルやポリーニは、尊敬に値する演奏家であっても、先にあげた戦前の大家たちのような魅力をもっているとはいい難い。グレン・グールドは、そういう人々とは違ったタイプの演奏家でしょうが、私には、その音も音楽も自分のものとして受け入れることはできません。若くしてすぐれた素質を認められたツィンマーマンやピーター・ゼルキンも、成熟して真の大家といわれるようになるかどうか。

私は、正直にいって、半ばあきらめていましたが、最近きいたチッコリーニの演奏に真の大家といえるような領域を感じて驚きました。チッコリーニは、五十年以上も前に、パリでヴァイオリンのティボーと共演したのをきいたことがありますが、今回、たまたま東京での演奏をきいて、文字通り感動しました。彼はもう八十歳をこえた老齢で、その意味では戦中派というべきかもしれませんが、戦後のピアニストから失なわれた自由な個性と充実した音色の世界をもっていて、久しぶりで自分の演奏家を発見した喜びをもちました。彼は、いまの演奏の世界で、文字通り大家という言葉をつかうことのできる唯一の人ではないかという気がします。必ずしもジャーナリズムにもてはやされた人ではないが、私が真に「敬愛する」芸術家としてあげるにいささかの躊躇もありません。

（「ユリイカ」平成二十二年四月号）

河上徹太郎と音楽批評

河上さん——普段呼んでいたように、そう書かせていただく——は「私の修学時代」という文章のなかで「ピアノが私の青春のマニヤを以て全面的に没頭し得た唯一のものだった」と書いている。それ以前にはスポーツ少年であった河上さんは、青春の自覚のなかでピアノを選んだのである。

ピアノの勉強はかなり本格的なものであったようだが、そこから生れたのはピアニストではなく、一人の音楽批評家だった。やはり河上さん自身の言葉によれば、「動かない指でまさぐるように曲を弾いているうちに批評という行為に行きついた」のである。

こうして、河上さんは文芸批評家になる前に音楽批評の道を歩きはじめていた。この事実はやはり重要である。

河上さんにとって音楽とは何かという命題は極めて興味深く、かつ重要なものだが、それを完全に論じることは、この小論ではむずかしい気がする。ここでは河上さんの著作集の解説をかいている高橋英夫氏の、次のような文章を引くことにとどめることにする。

高橋氏は河上さんとキリスト教の関係を論じた後で、「キリストという存在が神であり同時に人であるという二重性を帯びたように、（音楽も）肉体的でありながら微妙に抽象的である」といい、こうした存在をえがくことが批評の生であって「河上氏がこういう微妙な状態を何ものにも妨げられずに夢見て、表現しようとし、現にそれを表現しえたのは音楽の領域であった」と書いている。「音楽はその意味でも河上徹太郎にとって最も直接的な領域であり、（中略）河上徹太郎は音楽というエレメントの中で最も自在に生きていたと言える。」

そして、この事情は河上さんにとって、次のような「発見」につながっているといえるだろう。

河上さんは、後年、批評とは音楽における演奏に当るものだといい、演奏がプレイとかシュピーレンとかいう言葉でいわれるように、批評もまた「遊び」であり、単なる知的な解釈――インタープリテイション――を超えた自由な行為なのだといっている。ここにもまた河上さんと音楽の本質的なつながりがあるだろう。

河上さんにとって、音楽とはヨーロッパの古典音楽に他ならないが、それは、ハイドンやモーツァルトの音楽が人間にとって普遍的な言語であるという認識に基づくものである。それを河上さんはパウル・ベッカーの『音楽史』に学んだといい、自らそれを翻訳している。

しかし、河上さんの書いた音楽評論は、古典についてであるよりもロマン派や近代音楽についてのものが多い。これは、批評という行為が本質的に近代の意識に結びつく以上、自然なことといえるだろう。

それをよく示しているのが、極く初期の批評作品である「シューベルトの抒情味《リリシズム》」と「セザール・フランクの一問題」である。いずれも河上さんの文芸評論の処女作である「ベルレーヌの愛国詩」に前後して書かれており、当時の河上さんの象徴主義への傾斜をよく示す文章である。特に後者はヴァレリーやジイドの引用を通して、フランクの近代性を論じた興味ある評論である。初期の文章の未成熟は否定できないが、当時の河上さんを知るためには欠かせない作品である。

しかし、河上さんの音楽評論を代表するのは、いうまでもなくその「ドン・ジョヴァンニ」である。これは戦後しばらくして書かれたもので、河上さんの中期——成熟期——の作品というべきだが、質量ともにそれにふさわしい力作である。

キエルケゴールの引用による第一章は、この中世の大誘惑者をキリスト教的なエロスの実現であり、女性の官能を理想化するのに成功した存在として論じたもので、その難解さは否定できないが、それを含めて河上さんの意欲を伝えるのに充分である。河上さんは、その「理想化」は音楽によってはじめて実現できたものといっている。

晩年の河上さんには、音楽について書いた文章は減っている。音楽会に通ったりレコードを聴いたりする機会も少なくなっているようである。

しかし、それを河上さんの心が音楽から離れたというのは正しくないだろう。

確かに、まとまった音楽論はなくなっているが、晩年の『文学三昧』や『西欧暮色』には音楽に関する随想が含まれており、それは晩年にふさわしい極めて自由な内容と文体をもっている。ワーグナーについての文章が多いのも、ドイツ・オペラの来日の影響が大きいようで、私も当時の経験を思い出して、いまでもなつかしく感じられる。

（「河上徹太郎と中原中也　その詩と真実」カタログ　平成二十二年七月）

編集後記

音楽批評家・遠山一行は二〇一四年十二月十日、脳梗塞のため永逝した。九十二歳だった。本書はその最後の著作となる。「語られた自叙伝」と題する聞書きを中心に、二〇〇三年刊の『芸術随想』(彌生書房)以後の未収録エッセイを発表順に編成して併録したものである。

聞書きは坂本忠雄、草光美穂、そして私との三人を聞き手として二〇〇九年三月から七月まで、七回にわたって行われた。場所はいずれも当時は西麻布にあった遠山さんのお宅においてであった。

坂本さんはながく「新潮」の編集に携わり小林秀雄を担当、河上徹太郎とも親交をもった。クラシック音楽愛好家で、「新潮」編集長となって遠山さんに「河上徹太郎」「マチスに関する手紙」「モーツァルト断章」と、三つの連載を依頼した。遠山さんに篤く信頼されたベテラン編集者である。私はといえば、小沢書店時代に遠山さんの著書『音楽とともに』『猫好きの話』などを手がけ、古稀を記念する非売本『私の音楽批評』の制作に当った。

草光さんはその頃のスタッフ。今回はコーディネーターとなって、テープ起しと初稿のまとめ役となってくれた。自伝的な回想を語っておいて貰いたいとの慶子夫人の意向によって、坂本さんと私とが慫慂されたのである。遠山さんの書くものに私生活に触れることが少なく、回想的記述にも乏しいところからの希望であったらしい。

聞き手三人は楽理や近・現代音楽の作曲家、演奏家などの事情に通じている訳ではなく、質問はすべて「遠山一行」の誕生と成長の過程を辿り、その背景を尋ねることに終始した。遠山さんは端整な表情に笑顔を絶やさず、丁寧に言葉を選んで語ってくれた。われわれ三人になすべきことは殆んどなかったといってよい。毎回、作業が終ったあとの食卓を囲んでの座談が楽しみだった。聞書きの内容が夫人をはじめ御遺族の期待に応えるものとなったかどうかは判らない。ただ、歿後、数年間放置されたままだろうと思われていたテープ起しの原稿に、最期の日まで遠山さんが目を通し、加筆を施していたことを知ったときには驚嘆するほかなかった。

遠山一行の仕事のすべては音楽批評もまた〝批評〟であること、言葉だけによって築かれた精神の表現型式であるとの確信に貫かれたものだった。音楽をめぐる思考、感動を適切に表わす言葉を索めての、あえていえば文学的生涯であったと思う。それがいかに実りの多いものであったかは遺された著作の一冊毎が静かに物語ってくれる。

刊行に際しては作品社の髙木有氏に万端お世話になった。聞書きの組体裁など随所に氏の本造りの工夫が凝らされている。装幀は間村俊一氏にお願いした。お二人に心より御礼申しあげます。

長谷川郁夫

二〇一五年十月十日

フランス語教育振興協会理事長／桐朋学園、フェリス女学院、アフィニス文化財団、
花王芸術文化財団、関信越音楽協会、新日鐵文化財団、東京オペラシティ文化財団、
東京都教育文化財団、日仏協会、平成基礎科学財団、三菱信託芸術文化財団、
安田生命クオリティオブライフ文化財団等理事および国立西洋美術館、
日本文化会議、セゾン文化財団等評議員。
国際音楽資料情報協会日本支部長／日本音楽コンクール委員会委員長（名誉委員）、
日本国際音楽コンクールピアノ部門審査委員長、
東京国際音楽コンクール室内楽部門審査委員長、
奏楽堂日本歌曲コンクール運営委員長等、およびロン＝ティボー国際音楽コンクール（パリ）、ヴィアナ・ダ・モッタ国際音楽コンクール（リスボン）、シドニー国際ピアノコンクール、国際弦楽四重奏コンクール（エヴィアン）、世界ピアノコンクール（ロンドン）等海外のコンクール審査員を務める

受章・受賞

毎日芸術賞（'77）／フランス国文芸勲章オフィシエ章（'80）／中島健蔵賞（'85）
紫綬褒章（'85）京都音楽賞（'87）／勲三等旭日中綬章（'93）／文化功労者（'98）

『ヨーロッパ近代クラシック音楽史 ロマン派のはじまりとその終焉』（東京音楽社 '84　ショパン '95）『ショパン』（新潮文庫「カラー版作曲家の生涯」'88）
『考える耳考える目』（青土社 '90）『河上徹太郎私論』（新潮社 '92）
『私の音楽批評』（小沢書店 '93）
『日付のある批評 1992～94（東京日記）』（音楽之友社 '95）
『「辺境」の音 ストラヴィンスキーと武満徹』（音楽之友社 '96）
『私の音楽手帖』（講談社 '96）『猫好きの話 西麻布雑記』（小沢書店 '96）
『マチスについての手紙』（新潮社 '99）『いまの音むかしの音』（講談社 '00）
『芸術随想』（彌生書房 '03）『モーツァルトをめぐる十二章』（春秋社 '06）

訳　書

R・レイボヴィッツ『現代音楽への道』（共訳 ダヴィッド社 '56）
『レヴィ＝ストロースの世界』（共訳 みすず書房 '68）
R・ショアン『ストラヴィンスキー』（白水社 '69）
J・C・ピゲ『アンセルメとの対話』（共訳 みすず書房 '70）
P・シトロン『クープラン』（白水社 '70）
N・デュフルク『フランス音楽史』（共訳 白水社 '72／復刊 '09）
E・ラトケ『ドイツ表現主義（現代の絵画12）』（平凡社 '74）
B・ガヴォティ『アルフレッド・コルトー』（共訳 白水社 '82／復刊 '12）

編纂・監修

『ワグナー変貌』（'67）、『芸術と思想』（'69）、『山田耕筰作品資料目録』（'84）、
『ピアノによせて（音楽の森・名随筆選２）』（'89）、
『名曲（日本の名随筆別巻13）』（'92）、『山田耕作著作全集』（'01）等の編纂、
『ラルース世界音楽辞典』『ラルース世界音楽人名事典』、
『ラルース世界音楽作品辞典』（日本語版 '89）、『ニューグローヴ世界音楽大辞典』
（日本語版 '93～'95）等の監修にあたる

そのほかの主な活動

国際音楽評論家協会名誉会員／東京音楽ペンクラブ会長
日本芸術文化振興会芸術文化振興基金運営委員長／文部省大学審議会委員
文化庁文化政策推進会議委員／全国公立文化施設協議会会長
日米文化教育協力合同委員会委員／パリ日本文化会館運営委員

退任。90年より2009年、音楽監督。のち音楽顧問）
フランス政府より文芸勲章オフィシエ章授章

1981年（昭和56）59歳　日本音楽コンクール委員会委員長に就任（95年退任）
遠藤周作らとともに「日本キリスト教芸術センター」創設（2002年解散）

1983年（昭和58）61歳　東京文化会館館長に就任（96年退任）

1984年（昭和59）62歳　楽界有志とともに「近代音楽館を設立する会」を結成、運営委員長を務め、「日本近代音楽資料センター」の構想に基づく運動をおこす。東京音楽ペンクラブ会長に就任

1985年（昭和60）63歳　紫綬褒章受章。『山田耕筰作品資料目録』編纂（84年刊行）により中島健蔵賞受賞

1986年（昭和61）64歳　『遠山一行著作集』全六巻刊行（87年完結。京都音楽賞受賞）

1987年（昭和62）65歳　財団法人日本近代音楽財団日本近代音楽館を創立（遠山音楽財団を改組。2010年閉館）

1991年（平成03）69歳　第二国立劇場開設準備推進会議会長、東京芸術劇場館長に就任（93年退任）

1993年（平成05）71歳　勲三等旭日中綬章受章。新国立劇場運営財団副理事長に就任（99年退任）

1995年（平成07）73歳　桐朋学園大学学長に就任（96年退任）

1998年（平成10）76歳　文化功労者に選ばれる。明治学院大学名誉博士学位授与

2004年（平成16）82歳　草津町名誉町民となる

2010年（平成22）88歳　日本近代音楽館蔵書を明治学院大学に移管（11年、同大学図書館付属日本近代音楽館開設）

2011年（平成23）89歳　脳梗塞を発症。療養生活を送る

2014年（平成26）92歳　12月10日　逝去

著　書

『遠山一行著作集』全六巻（新潮社 '86〜'87）
『名曲のたのしみ』（新潮社 '67）『音楽＝ヨーロッパ＝東京』（音楽之友社 '68）
『現代と音楽』（講談社 '72）『音楽有愁』（音楽之友社 '76）
『ショパン』（新潮社 '76　講談社学術文庫 '91）『音楽とともに』（小沢書店 '81）
『古典と幻想 音楽におけるマニエリスム』（青土社 '83）

遠山一行　略歴

略　歴

1922年（大正11）		7月4日　東京に生まれる
1942年（昭和17）	20歳	旧制府立高等学校卒業。東京帝国大学文学部美学美術史学科入学
1943年（昭和18）	21歳	学徒出陣により入隊。44年、入隊中に卒業。45年復員
1946年（昭和21）	24歳	東京大学大学院に進学。『音楽芸術』『音楽之友』に寄稿。『毎日新聞』に演奏批評を執筆、音楽批評家としての道を歩み始める
1948年（昭和23）	26歳	慶應義塾高等学校、「子供のための音楽教室」で教鞭をとる
1949年（昭和24）	27歳	東京藝術大学音楽学部講師（52年退任）、横浜山手女学院専門学校（現・フェリス女学院大学）音楽科助教授（57年退任）
1951年（昭和26）	29歳	渡仏。パリ大学およびパリ国立高等音楽院に学ぶ（57年帰国）
1958年（昭和33）	36歳	3月7日　藤村慶子と結婚 『讀賣新聞』音楽時評欄を担当（61年迄）桐朋学園短期大学音楽科（のち桐朋学園大学音楽学部）教授に就任（74年退任）
1959年（昭和34）	37歳	『朝日ジャーナル』音楽欄を担当（69年迄） 5月6日　長男・公一誕生
1960年（昭和35）	38歳	8月26日　次男・明良誕生
1962年（昭和37）	40歳	財団法人遠山音楽財団（のち日本近代音楽財団）を設立
1965年（昭和40）	43歳	『毎日新聞』音楽時評欄を担当（92年迄）
1966年（昭和41）	44歳	遠山音楽財団付属図書室（のち図書館。遠山音楽図書館）を開設
1967年（昭和42）	45歳	江藤淳、高階秀爾、古山高麗雄とともに『季刊藝術』創刊（79年夏以降休刊。89年、臨時増刊号刊行）
1972年（昭和47）	50歳	財団法人偕成会、同遠山記念館理事長に就任（2012年退任）
1980年（昭和55）	58歳	草津夏期国際アカデミー（現・草津夏期国際音楽アカデミー＆フェスティヴァル）創設、実行委員長を務める（87年

語られた自叙伝

二〇一五年十二月　五日第一刷印刷
二〇一五年十二月一〇日第一刷発行

著　者　遠山一行
装　幀　間村俊一
発行者　和田　肇
発行所　株式会社 作品社

〒一〇二-〇〇七二
東京都千代田区飯田橋二ノ七ノ四
電話　(〇三)三二六二-九七五三
FAX　(〇三)三二六二-九七五七
振替　〇〇一六〇-三-二七一八三
http://www.sakuhinsha.com
印刷・製本　シナノ印刷㈱
本文組版　㈲一企画

ISBN978-4-86182-562-0 C0095